Seba・蝴蝶

Seba・蝴蝶

蝴蝶館 17

應龍祠

Seba 蝴蝶 ◎ 著

elegantbooks

目次

楔子

從斷垣殘壁的廢墟中，挖出了一只裝滿稿件的紙箱。

這個發現令人訝異，自從歿世之後，許多珍貴的資料和書籍都在災難中失去了，近年才設法挖掘。但劇烈地震引起的火災，往往讓這些脆弱的紙張和硬碟毀於一旦，這只紙箱的出土可以說是個奇蹟。

這是一家出版社的稿件，根據上面的紅字判斷，應該是編輯印出來校稿用的。

最讓人震驚的是，當中大部分的稿件居然是傳奇作家姚夜書的作品。但和市面上流傳的長篇小說不同，幾乎都是中短篇。但這些中短篇似乎成了長篇小說的基礎，成為一種奇特的草稿形態。

或許在災變前，出版社的編輯想將這些中短篇集結成冊，但來不及付梓，巨災已然降臨。這些稿件就這樣沉睡在廢墟之下，幾乎沒有什麼損壞的出土了。

興奮的考古學家將這箱半世紀以前的作品交付紅十字會查證，而住在紅十字會療養院的姚夜書親筆認證了這些稿件的真實性，一時之間洛陽紙貴。考古學家和出版社都賺了筆大錢。

姚夜書認證的代價很特別，他不要那些在拍賣場上價格狂飆的所謂原稿，他要求打字一份給他。

在雪白的病房裡，他打開這些檔案，每一篇，都很親切。他以為永遠失去了這些原稿。即使由他親筆所寫，一旦失去，就沒辦法寫出一模一樣的作品。

這就是作家的脆弱和悲傷。

映入他眼中的第一篇，就是〈應龍祠〉。

這篇，我細寫成長篇小說過。他默想著。在他還默默無名，對自己史家筆的天賦還茫然不知時，就像是畫家速寫般，先寫成中篇小說，後來才發展細節。

他的電腦在災變時就毀掉了，出版的《應龍祠》又賣得不好，最後一本讓陸判官拿去了。

唯一的殘留，就是這篇速寫。

他打開檯燈，泡了杯咖啡，開始校對他在幾十年前寫的小說。許多當時的氣味和心情，因此歷歷在目。

殘篇之一　應龍祠

第一章　逝水

水流冰冷而強勁。

她吃力的轉動眼珠，腦海裡還蒙著濃重的白霧。除了小舟上的燈光，只看得到無盡的黑暗。

水聲隆隆，闇色水流像是不安的怒獸，在她手下不斷翻滾洶湧。不知道過了多久，她才意識到，她探了一隻手臂在水中，雪白水袖隨波漂蕩。

逆流。聽著水流和船體對抗，模模糊糊的，她知道她正逆流而行。船首的水花激昂，有些噴濺到她身上。

這是夢吧？她無言的凝視黑暗。我只是做了個奇怪的夢，一個沒有什麼意義的夢。

但她心底隱隱有種不妥和恐慌存在。似乎在入睡前，她很恐懼和驚慌，爭執和衝突……

她不記得了。

就這樣靜靜的躺著，半昏半醒。每次朦朧睡去，就因為冰冷的水珠驚醒。

船突然停了下來，和激烈的水流抗拒著，她感到船腹摩擦著砂石的晃動，靠岸了。

一隻溫潤如玉的手，撥開她臉頰濡溼的頭髮。一雙琥珀色的眼睛在黑暗中發出奇妙的光。

毫無抵抗力的，她讓這雙眼睛的主人抱在懷裡。

「歡迎妳。」聲音冷淡，卻宛如金玉和鳴般清亮美妙，「龍家的……」琥珀眼睛突然停住了，表情空白了幾秒鐘，然後湧起迷惑。

她睜開眼睛，同樣不解的望著那深深的琥珀色。

互相凝視，眼中有著相同的迷惘。

這是哪裡？他是誰？來不及追尋答案，她又被拖入黑暗的睡鄉，不住的往下沉。

* * *

等她再醒來時，只聽到滿室劈哩啪啦的輕響。

那是炭火在爐子裡跳耀的聲音。淡淡的藥香染遍整個房間。她捧著頭，還有些頭昏腦脹，像是強烈宿醉般。

但我沒有喝酒。

她環顧四周，這是個小巧玲瓏的房間，什麼都是石頭做的。石桌、石椅，她躺著的石炕。桌子上擺著果凍似的壺和杯，事實上應該也是石頭做的。石鼎飄著藥香。

石頭窗櫺透著淡淡的光，水聲蕩漾。

在這種時刻，她居然想到花果山水漣洞那個「福地洞天」。她有些想笑，卻笑不出來。

她想起來了。心臟狂跳，喉頭發渴。這是什麼地方？我被綁架到哪了？

她叫做劉靜彤，大三。趁著暑假跟同學一起參加旅行團，這對勤儉的她來說，是非常難得的事情。這筆旅費幾乎等於她整個學年的積蓄，但她覺得很值得。

對她來說，這是學生時代最後的光燦和悠閒。而且，她從來沒出過國，這是她的第一次。

她興奮得幾乎睡不著覺，原本只能在課本看到的遼闊風光也讓她覺得不虛此行，她甚至計畫著將來要存錢來自助旅行，畢竟旅行團的行程真的太趕。

當地導遊是個大姊姊，她很精於卜算，女孩子又特別喜歡這套，常常窩在她房間裡聽她的鐵口直斷。

她和靜彤一見如故，靜彤也很喜歡她。靜彤是長女，在同學間也顯得特別早熟，一直都是被倚賴傾訴的對象，沒什麼人想到她也是需要呵護的年紀。

這位異鄉大姊姊的疼愛，讓她有受寵若驚的感覺。所以，當她的機票出錯，不能跟旅行團的團員一起回去時，這位大姊姊邀請她到她家住幾天，她雖然猶豫，卻沒有拒絕。

當她到了應龍村時，倒是大大吃驚。黃土高原缺乏水源，大半都是貧村，灰撲撲的。但應龍村戶戶流泉，沿著乾乾淨淨的青石板路蜿蜒，花木扶疏，一派富饒景象。

到村子的第一天，村長就親自來迎接她，村民也都待她很熱情。但她很久以後才知道，應龍村是個封閉的村落，非常排斥外人。

這個時候，她什麼都不知道。

跟她一樣獲邀來作客的女孩子還有五、六個。年紀相當，等混熟了，驚喜的發現，居然都是同年同月同日生。但驚喜之餘，靜彤有種微妙的不適感。

她說不出為什麼，但很想離開。大姊姊雖然失望，還是留她多住一些時候。

大姊姊說，「要賽祭了呢，這可是百年才舉行一次的大典。不看多可惜啊，妳不是很喜歡廟會嗎？」

她猶豫了一會兒，還是留下來看賽祭。

賽祭那一天，她和其他女孩被引去參見神巫。那是個個子很高的男子，穿著非常奇怪，寬袍大袖的衣服。靜彤看過陰陽師的電影，先是詫異，細思之後又恍然大悟。

陰陽師的時代背景，朝廷仿唐制，衣冠當然不例外。她會覺得一個村野神巫穿著日本古代的衣服很怪，事實上，這是唐制的古服也說不定。

不過這個男子年輕的不像是巫師，眼神銳利的像是禿鷹一樣。他漠然的一一握手問好，握到靜彤時，猛然的看了她一眼。

「……怎麼樣？」大姊姊問。

神巫不發一言，指了指靜彤。

這讓她心臟緊縮起來。「……什麼？」她問。

「沒啦，神巫大人說妳的命格很特別。」大姊姊笑說，「妳身有貴命。」

但靜彤怎麼也想不到，是這樣的「貴命」。

雖然不懂，但靜彤卻有種越來越擴大的惶恐。她悄悄的離開熱鬧的祭典，回自己房間整理行李。

一切都很正常，說真的。說不定只是疑心病發作而已。但她不舒服，非常不舒服。她急切的想盡快離開。

等她收好行李，一開門，嚇得驚跳。

大姊姊和一群村民不懷好意的站在門外。

她喉嚨乾渴，勉強的問，「有、有什麼事情？」

「恭請龍妃上花船。」大姊姊笑笑。

……這是什麼意思？

幾個女人上來架住她，大姊姊拿出針筒。她拚命掙扎，大聲呼救，但誰也沒伸出援手。

最後藥效發作，她木然的讓人更衣，抬上轎子。在鞭炮嗩吶的節慶狂歡中，送入了應龍祠。

不知道下了多少石階，她和無數禮物被放在小船裡，也被當作供品的一部分。

我，獲救了？還是我被送到什麼地方？這一切到底是怎麼回事？

她自責的不斷掉眼淚。太大意了，真的太大意了。怎麼這麼容易相信別人，跟個陌生人走呢？她以為可以信賴旅行社，她真的太天真了。

等門戶一響，她嚇得跳起來，縮到炕的角落，背脊緊緊貼著牆。

她又看到那雙琥珀眼睛了。

麗人。她心底湧出來的就是這兩個字。真的非常奇妙。他穿著和神巫類似的寬袍大袖，但因為纖細苗條，所以看起來有種不勝衣的楚楚感。容顏溫潤的跟玉一樣，唇是極淡的櫻色。

一種朦朧而出塵的絕色。

即使是這樣的好看，甚至披散著烏黑如絲緞的長髮，雖然帶著一種孱弱的病容，但依舊可以讓人一眼就分辨出他是男子，只是擁有絕色的男子。

像是春天冷冽的風，沉穩靜謐的冰泉。她感到敬畏，卻沒有其他情緒。

他身後跟著面無表情的侍女，微微偏偏頭，那些侍女放下手裡的東西，退下了。

琥珀色的眼睛湧出迷惘和困惑，這讓他原本離塵的漠然消散許多。「……妳不是龍家村的女兒。」

「……什麼是龍家村的女兒？」她可憐兮兮的問。

他嘆息，「這太過分了，這違反契約。唉，他們怎麼可以如此……」

他的嘆息和傷痛稍稍解除了靜彤的緊繃。「我……我可以請問，這是什麼地方嗎？」

她還抱著微弱的希望，希望是獲救了。

「……我們在龍家村下的地下伏流中。」他語氣平靜的回答。

靜彤覺得自己的咽喉被掐緊了。「請你放我出去。我想回家……我還想把大學念完。」她哭了。

琥珀般清澈的眼睛望著她的淚，漸漸湧起深重的哀傷。「我很想放妳走，因為妳跟這些都無關。但……我也是囚犯，對不起。」他閉上眼睛。

囚犯？

看了看他的衣服，和這奇怪的福地洞天。「……你也是神巫嗎？」

他張大杏仁形的美麗眼睛，「當然不是。名義上，神巫侍奉我，事實上他是我的獄卒，世代相承。」

換靜彤瞪大眼睛。雖然她來這邊沒幾天，但已經聽了不少神話，甚至還參觀過應龍祠。這村落獨有的神巫侍奉的神祇就是傳說中的應龍。

主位上還有栩栩如生的應龍塑像，這位龍王爺甚至還有名字。

「……你叫什麼名字？」她顫聲問。

「我叫龍環。」

靜彤張大嘴，看著俊美的龍環。是不是有攝影機在拍我？這只是嚇人節目的攝影？

龍環？龍環?!這是龍王爺的名字啊!!

「喂，這一點都不好笑，你們快把我嚇死了！」她忿忿的從炕的那頭爬過來，「我說啊，幸好我心臟夠力，不然會出人命你們知不知道？攝影機在哪?!我最討厭這種爛節目……」

她抓住龍環的衣服，手指有種輕微痲痹、像是接觸到靜電的感覺，一閃而逝。等她靠得這麼近，在隱約蕩漾的光芒下，她才注意到，龍環的瞳孔有些異樣。

他的瞳孔倒豎，宛如爬蟲類。琥珀色，並且發著金光。美麗得令人膽寒。

靜彤無法控制的扶著龍環的雙頰，瞪著他的臉猛看。她正捧著龍環的臉，觸感卻不是人類的肌膚。

細膩而光滑、低溫。跟她實驗室裡的蟒蛇觸感非常接近。

龍環沒有抗拒，只是慢慢地眨了眨眼睛，睫毛很長的在臉頰上落下陰影。

「……你是一隻龍？」

「我是隻應龍。」他點頭。

天旋地轉的，靜彤差點倒栽蔥跌到地板上，幸好龍環手腳快，抱住了昏厥的她。

……神巫真是太過分了，居然將毫無關係的人牽扯進來。可憐的孩子啊……

將她抱回炕上躺好，掖緊被子。這可憐的孩子睡夢中還不斷的流出驚懼的眼淚，低聲啜泣。

這不對。這完全不對。這是他和龍家村的恩怨，跟外人一點關係也沒有。這女孩沒受過半點他的恩澤，只是個外地人。

這違反契約。

他彈指呼喚侍女，要她們照顧這女孩。隨她而來的奏章說，她叫劉靜彤。除了名字和生辰八字，滿紙謊言。

他陰沉而怒氣的回到自己的寢宮，粗魯的開啟了水鏡。神巫被飛濺的猛烈水珠擦傷了臉頰，像是被子彈擦過似的。

龍王的心情不太好。他默想。雖然在意料之內，但他還是有些意外，不知道他會發這麼大的脾氣。

「龍王，請問有什麼吩咐？」神巫恭敬的拱手，無視臉頰上蜿蜒的血跡。

「新娘應該是龍家村的女兒。」龍環沉下了臉。

「您的要求只有出生年月日和時刻，並不包括她的出身。」神巫淡淡的說。

「上千年來都是這樣的制度！」龍環暴怒，水鏡更澎湃洶湧，像是具體而微的海嘯。

「下官上任不久，不知道有這種制度，是我疏忽了。」神巫不動聲色，「但我保證這是您要的新娘。」

推不知道就可以唬過去？龍環不怒反笑。「仲業，別讓我笑了。歷代獄卒中，你最有天分，苛細如牛毛的禁制背得最清楚。我要的是八月十五丑時丑刻的新娘，不要告訴我龍家村沒有這個姑娘！」

「你也知道那個姑娘是我唯一的妹妹！」神巫平靜的面具破裂，「我知道你非常恨我，甚至非常恨我們趙家，但我妹妹是無辜的！我送給你的新娘有什麼不對？她完全符合你的要求，甚至有淡薄的龍族血統，說不定就可以如你所願！」

龍環望著水鏡裡激動的神巫，神情非常漠然。「聽著，這是你們趙家和我的恩怨。你的祖先將我騙進這裡，剜出我的內丹，就是為了保住水源。是你趙家和我訂下契約，是你們自己要犧牲族女，給我一點稀薄的、活得下去的希望！

搞清楚，這是我和趙家的恩怨，我甚至可以不去牽扯龍家村其他村民，雖然他們袖手旁觀看著我受剮，我可以不論！但將無辜的外地人牽扯進來就是不行！快讓她走！」

「為什麼不行？她是優秀的新娘人選？甚至比我無辜的妹妹更適合！」

「因為我不是人類。」龍環一拍水鏡，像是尖銳的碎琉璃紛飛，「我懂得什麼是恩怨分明，我懂得什麼是不遷怒諉過。我不是是非不分的人類！快讓她走！」

即使閃躲得快，神巫還是被尖銳的水珠劃破了前襟。他很少這麼生氣。或許他不慎觸動了龍王的逆鱗。

思忖了一會兒，神巫失笑。哼，說得這麼好聽，還不是想找機會逃離。要讓那女孩出來很簡單，取下龍王塑像上的鎖龍鍊就可以了。

但龍王也可以隨之離開，挾帶著狂風暴雨，毀滅這個禁錮他上千年的村莊。

「我不會上當的。」神巫冷笑，「龍王大人，既然我們獻祭了新娘，請您嚴守契約。」

「……你果然是個人類。」他聲音緊繃，將整個水鏡炸掉。

龍環扶住額，氣喘吁吁的跪倒在地上。太激動了，這樣是不行的。他日漸衰弱，不能擅動肝火，胡亂的使用殘存不多的力量。

心跳跳得非常非常快，又突然跳得很慢很慢，慢得幾乎要停止。

太大意了。

他不知道又弄翻了什麼東西，只聽得到嘩啦啦一片大響。很痛，非常非常。好冷，好痛。

給我一點陽光，一點點就好。我受不了了……我要溫暖，我要光。給我光啊！一千多年了……給我賴以維生的光啊！

他痛得在地上打滾。

手突然接觸到溫暖，他緊緊抓住不肯放。

「你、你還好嗎？龍、龍王大人？」氣急敗壞的聲音，充滿緊張和關心。

好一會兒，他才看清楚眼前的景象。一張女人的臉龐在他面前，他有些搞糊塗了。

這表情不對。不是應該充滿憎恨、絕望、封閉和恐懼嗎？為什麼會這麼暖？

「……我叫龍環。」

女子先是驚愕了一下，臉孔漲紅，「龍、龍環。你怎麼了？心臟病發作嗎？呃，龍王會心臟病嗎？不不，這不是重點，有藥可以醫嗎？藥在哪？喂，那個小姐！」她對著侍女叫，「不要愣在那兒動也不動！妳知道藥在哪嗎？」

「她不會回答妳。」龍環抓著靜彤的手，掌心充滿生命力的溫暖讓他清醒了一點。

「架子上，雪白紅珠的瓶子……」

靜彤衝過去，將那個瓶子拿過來，龍環饑渴的咽了兩口，痛楚的表情漸漸緩和，但還在顫抖。

雖然還在巨大的驚嚇中，但靜彤卻把心力集中在懷裡的病人。他病了，而且病得很重。

一隻被關在地下伏流的應龍，幾乎得不到什麼醫藥上的幫助，而他生著重病。

吃力的將他扛到炕上，這個異族卻拉著她的手不放。

「一下子就好。」龍王大人輕聲懇求，「我無意輕薄……但一下子，一下子就好。我已經很久沒遇到活著的生物了。」

孤零零的，被丟在這個地下伏流。然後為了讓她出去，那樣大聲的和神巫咆哮。

「……你想多久都沒關係。」易感的她滴下眼淚，「我會在這裡。」

龍環無言的鬆了口氣。褪成櫻花白的唇微微的沁出一點笑意。

醒來時，掌心空空。

他感到淒冷。但這是應該的、自然的。那女孩沒有尖叫著逃走，反而照顧他，已經是意料之外了……

「你醒了？」驚喜的聲音，他回頭，愕然的看著坐在床側捧著書的她。

「……靜彤。」無意識的輕喊著她的名字。

她居然立刻紅了臉，「呃……欸。你想吃什麼？還是該弄什麼藥？對不起，我什麼都不知道，也不知道怎麼辦。你的女僕動也不動，話也不應，我急死了……結果只能坐在這裡乾著急……」

著急。她為我著急。

「我病倒的時候，她們是不會動的。」龍環吃力的坐起來，靜彤趕緊上前扶他，像是非常熟慣服侍病人。「她們沒有生命。」

靜彤張大眼睛瞪著龍環，又回頭看看神情木然卻光潤漂亮的侍女。的確，這些美貌侍女缺乏生命感，像是一個個木偶。

「她們是我刻出來的玉人兒。」龍環慘澹的笑笑，靜彤體貼的拿了幾個枕頭墊著，讓他舒服的坐臥著，他長年緘默的心流動著隱隱的暖意。「她們是一種低等級的『式』，沒有生命。」

「……哇。」靜彤有些頭昏腦脹，像是一腳踏入了中國傳說故事。

愚蠢的人類偶爾也會非常靈光。最少禁錮他的方法殘酷而有效。這個強大的禁制不但讓他無所逃脫，甚至隔絕了所有生命的進入。

原本殘存的生命漸漸凋零、消亡，剩下他。

他愴然的望著黑暗，「這個地下伏流沒有任何生命。」

「誰說的？」靜彤本能的反駁，「你活著，我也還活著。」

龍環看了她一會兒，有些驚異。自從他受剮被禁之後，每百年賽祭，會送一個他指定的新娘。這是他精心推算的結果，最有希望生育出子嗣的姑娘。

這些新娘，幾乎都帶著灰燼般的絕望和憎恨。這種絕望和憎恨，與日俱增。通常都沒活多久，三、五年就鬱鬱而終，最長的活不過十年。

當然，誰也沒生下他的子嗣。他覺得，死人本來就不會生育。她們一進入地下伏流，肉體雖然活著，心靈和魂魄都已經死了。

但這個外地來的，被綁架的姑娘，卻是活生生的，從肉體到靈魂。擁有暌違已久的溫暖和善良。

這不對，這太殘忍了。

他被關到幾乎死去，他知道這是多麼漫長殘酷的徒刑，沒有盡頭。

「……我會設法送妳出去。」他悲感的笑笑，有些遲疑的，輕輕拍她的手背。

原以為她會逃跑，她卻臉紅著瑟縮一下，怯怯的輕撫龍環的袖緣。「剛剛，我聽到你和神巫的對話。真厲害欸……用個水盆就可以顯像，太妙了。」

「……妳把這想成法術發動的視訊就比較好了解。」他呆了一會兒，試著提出她能接受的解釋。

「哇。」她驚嘆，「你知道什麼是視訊啊？」想想也對，他這個極大的房間滿架子書，從舊到要散架的線裝書到電腦雜誌都有。

只是有點頭昏。一個傳說中才會出現的龍王，知道什麼是視訊。

「不對，我不是要說這個。」靜彤用力晃了晃頭，「我出不去吧？」

「我想辦法。」他閉了閉眼睛，「我盡力。」

「那你呢？」

龍環睜開眼睛，驚愕的看著她。她眼神一片坦白真摯，流露出沒有掩飾的擔憂。她年紀一定很小，小到還沒有被世俗和偏見污染。

「……我唯一出去的方法可能是死亡吧。」他自嘲。

「別這麼說。」她很認真，「你是善良的好人，這對你太不公平。如果、如果他們真的這麼對你……」

什麼挖出內丹啊、受剮啊……雖然不太懂，但她覺得是很糟糕又很痛苦的事情。能夠把龍王關在這個黑暗水牢的壞事。

「……你做了什麼讓他們這樣對你？」她聲音有些軟弱。

「妳說剜出內丹？」他露出冰冷的笑，「因為這個村子大旱的時候，我不忍心，給了他們一個水源。」

靜彤倒抽一口氣，臉孔刷的慘白。

她還太小，不懂這些醜惡。別說下去好了。他閉上眼睛，別開臉。

但靜彤卻搖著他，「他們、他們難道……恩將仇報？」

「我沒施什麼恩，只是順手引出地下伏流。」龍環低聲，「他們也只是想要保住永世不竭的水源。」

一片寂靜，然後細聲的啜泣漂浮在寂靜之上。

他轉過臉，靜彤臉孔蜿蜒著潸然的淚。「……別這樣。」

「對不起，對不起……」

「沒關係的，不要哭。」這個小姑娘的淚讓他冰封的心有絲暖意，讓他回想起，當初曾經多麼喜歡人類。「又不是妳做的，妳不要難過，不要哭。」

「對不起，真的對不起……」靜彤趴在他懷裡，哭得更厲害。「一千多年欸，怎麼可以這樣……」

她很溫暖。從心到靈魂，都很溫暖。輕輕攬著她，呼出胸懷的那口鬱氣。我從來沒有真的恨過人類。真的。因為人類這麼複雜，從最污穢到最聖潔。

即使是被關禁了千年之久。

這個哀傷而殘酷的故事強烈的震撼了靜彤。

問題是，這不單單是個神話或傳說，而是活生生的在她眼前。她知道人類有殘酷的一面，但擺在眼前又是另外一回事了。

這個位於地下伏流的宮殿充滿暮氣沉沉的感覺。龍環說，這是他被關在這裡時，為了不讓自己等死，親手打造出來的。

非常宏偉而美麗。即使他被撕裂得只剩下一半的神力，他也用那旺盛的生命力和神能打造了這個偉麗的宮殿，擁有他鱗片的式神穿梭。

但因為過久的禁錮，他的神能漸漸衰退，原本光燦的地下宮殿，也漸漸褪得遲暮，式神也越來越遲鈍，在他屢次大發作的時候，宮殿的光和式神都寂然黯淡。

「……發病的時候，式神都不動了，誰來照顧你呢？」她軟弱的問。

依舊臥病的龍環輕輕笑了一聲。「總會醒來的。」安靜了一會兒，「別哭，靜彤。昏迷的時候不會痛的。」

靜彤拭去淚珠，在病人面前掉眼淚是很糟糕的事情。

「妳很會照顧病人。妳是護士嗎？」龍環好奇的問。

靜彤彎了彎嘴角。神巫將龍王關在這個黑漆漆的鬼地方，卻每個月都送花船來。數量最多的是書，還什麼書都有。不讓他走，但也怕他死掉。給他一點點希望，然後繼續關著。

從來沒見過這麼無辜又殘忍對待的囚犯。

「我想過念護理系，但我媽媽不准。」靜彤的微笑模糊起來，「她說我綁在病床邊已經太久。」

「啊，我是否不該問？」

「不不，這沒什麼不能問的。」靜彤振作了一下，「我媽媽生了一種很罕見的病，全身慢慢僵化不能動，但神智很清醒。我從高中開始照顧她一直到大學……後來我休學一年，因為她狀況不太好。不過還是沒有撐過去。」

別人都覺得她很辛苦、可憐，但她很想說並不是那樣的。母親的病漸進，並沒有想像中那麼痛苦。她服侍母親也很應該，而且，原本疏遠的母女關係，反而更親近。

她不知道母親是這樣風趣又勇敢的人，她們共同陪伴了一段艱辛卻美好的時光。

「……但現在我又把妳綁在病床邊了。」

「拜託你不要這麼講。」靜彤低下頭，「我怕黑、怕一個人。所以躲在你這兒。」

「……對不起。」

靜彤破涕而笑，「我們不要互相說對不起好不好？」她有點害羞的把手覆在他冰冷的手指，「我很喜歡陪著你的，真的。」

龍環望著她，光燦的笑起來。那真是她看過最好看的笑容了。

這次的病癒比龍環想像的快多了。他自己也很驚訝。

原本遲暮的宮殿開始煥發出清亮的光，他有時會有已經回到人世的錯覺。或許是，他有個能幹護士的緣故。

他開始帶著靜彤參觀他的宮殿，打開一箱又一箱的珠寶。這是歷經千年，村民為了安撫他進貢的種種珍稀。

坦白說，他們什麼都願意給，除了他最想要的自由。

「這些都屬於妳。」龍環說。

「漂亮是很漂亮，但要來作啥？」靜彤把玩了一會兒，放了回去。「我比較喜歡你畫的畫欸。」

他環顧自己畫的畫，微微的苦笑。這些都是為了不要遺忘人世所畫的，但最近他已經越來越想不起來鳥的翅膀，碧綠的松濤。

太久了。久到記憶都模糊了。

轉頭看到她正在一幅幅的看畫，眼中充滿驚嘆。活生生的，充滿生命的美麗。「我幫妳畫肖像好不好？」

靜彤呆了一會兒，掩著臉孔嚷，「……我不漂亮啦！我這輩子都不是美女，我很平凡……」

「我不太懂人類的審美觀。」他自承，「人類的外表和內心往往天差地遠，這我也不太明白。我們龍族，能力越卓越，變化成人身就越和諧。這樣就是美麼？我倒覺得善良、聰慧，是比較漂亮的。」

「……那是你關在這裡太久。」靜彤咕噥著。

「我真要人類的美，不會照鏡子就好？」他開始研墨，「坐下來。」

靜彤想笑，還是忍笑著坐下來。是啦，他可能比世間最漂亮的女人都漂亮許多。漂亮到讓女人沒有立場。

但若他是龍身，靜彤還是很喜歡陪在他身邊的。雖然這種心情很朦朧，卻有淡淡的甜。

第二章 洄瀾

即使對未來抱持著強烈的不安，這段被綁架的歲月，反而成了她最安逸的生活片段。

她出生於非常普通的家庭，身為長女，底下還有一個弟弟一個妹妹。還健康的媽媽疼愛的是粉雕玉琢的妹妹，爸爸則偏疼弟弟。

靜彤？她是長女，原本就要照顧弟妹的。但性格溫順的她，很容易就被忽視。尤其是父母工作忙碌，許多家事就落到她身上，但一個國小生實在很難善於理家，所以也受了很多責難。

她似乎一直都很忙碌。自己的課業，弟妹的課業，家事等等，睜開眼睛就蜂擁而至，直到躺在床上閉上眼睛，才能稍微得到喘息。

這種焦頭爛額的狀態一直維持到高中，因為母親的病倒變本加厲。

受不了家裡這種灰暗的氣氛，弟妹幾乎都很晚才回家，爸爸往往好幾天不入家門。

她一個人守著空空蕩蕩的家，守著病重的母親。但依舊有洗不完的碗盤、晾不完的衣服，和看不完的書與寫不完的功課。

靜彤沒有叫過苦，也沒有抱怨過。她比較擔心讓母親難過，總是打起精神來處理這團混亂。母親彌留時迴光返照，和她說了很多。

「我若死了，妳就復學，去住校吧。」母親憔悴的臉孔泛著反常的紅光。

「媽，妳想太多了，不會的。」她幾乎哭出來。

「真的夠了。妳的一生不要埋在這個家裡。妳太溫吞了，會被爸爸和弟弟、妹妹吃得死死的。妳才幾歲，手粗成這樣……」

媽媽哭了，她也哭了。

母親過世後，她照著媽媽的話去住校，放假也不回來，讓父親大大的發起脾氣。但她真的好累。每次放假回家，她得洗全家整個禮拜累積下來的衣服、碗盤，處理帳單和種種雜務。

「爸，我得打工。」父親給她的零用錢非常少，她應付不過去。

父親咆哮的要她別回來了，原本稀少的零用錢也跟著斷了。

別人上了大學可以玩、快樂修戀愛學分。她忙著為學費和肚皮煩惱。弟妹來找過她，抱怨老爸吝嗇，卻跟她炫耀新買的ipod或者是名牌包包，順便伸手跟她借錢。

她無能為力，弟弟和妹妹就沒再來過了。

似乎一直都很辛苦，總是拚命奔波。一被綁架到這個黑漆漆的地下，她突然什麼事情都不用做了。

一開始，真是不習慣。

漸漸的，她鬆了一口鬱結很久的悶氣。她現在什麼都不用想，因為想也沒有用。每個月的花船都有耐儲放的食物，她對吃又不講究。衣服更是好幾輩子都穿不完，雖然都是那種寬袍大袖累累贅贅的衣服，但在這陰冷的地下還真是實用。

她愛看書，龍環的書夠她看到昏倒。

再說，這裡有龍環。

她這一生，幾乎沒有被這樣憐惜愛護過。父母親不用提，因為她個子高，在同儕中也顯得早熟懂事，總是被依賴的對象。

但龍環愛護她，用一種密憐的態度。

這讓她的心，有種滿滿的味道。

她並不敢奢想什麼。她明白自己非常平凡，一點豔光也沒有。而在這漆黑的地下宮殿，除了她和龍環，沒有其他生物。龍環對她好，一來是龍環是個好人，二來也沒其他對象了。

這種自覺讓她覺得有點苦澀，但也讓她一直很清醒。她緊緊的約束自己的心。她明白自己的缺陷。

她的心太柔軟缺乏防護，太容易動心，然後總是令自己或對方困擾。

不會的。她不會重蹈覆轍。一遍遍的提醒自己，千萬不要再重複過往的錯誤。

龍環的確很疼愛她。

當他身體許可的時候，會帶她到處走，怕她氣悶。關心她吃的睡的用的好不好，甚至為了她，破例要求神巫準備她需要的東西。

那是沒有其他人的關係。靜彤提醒著自己，因為只有他們兩個，而且龍環是這樣善良體貼。

不要多想，千萬不要。

但她看到龍環時總是很高興的。或許是因為龍環看到她總是眼睛一亮，憂鬱也會隨之消散的緣故。

獨自一個人關在黑暗中是什麼心情？

她連想像都受不了。

所以她很溫順，雖然龍環很少要求什麼，不過這稀少的要求她沒有拒絕過。甚至龍環不帶火把，牽著她走入濃重的黑暗中，遠離光亮的宮殿，她也默默的跟上去。

雖然她很害怕。

除了龍環溫涼的掌心，她什麼都看不見。這是真正的，一點亮光也沒有的黑暗。一般所說的「黑暗」，其實都參雜著微弱的光。所以當適應這種不純粹的黑暗以後，往往還是可以看到輪廓。

但這地底深處的黑暗不同。不管經過多久，永遠適應不了，也什麼都看不見。

她也因此越走越慢，因為溼滑的地面讓她非常恐懼。雖然她知道龍環不會放手，但她很怕摔上一跤，連累龍環和她一起滾入深沉的伏流中。

「害怕嗎？」龍環發現她的掌心冒汗。

「……有點。」

「啊，我疏忽了。人類的眼睛完全看不到吧？妳一定很害怕。」他將靜彤拉過來，「我背妳。」

「不不不，我很重……」來不及反對，龍環已經將她背起來了，輕鬆的像是背件衣服。

「妳臉紅了？」龍環的聲音有絲好笑。她的臉貼在他背上，一陣陣的烘暖。

「……我沒有被人家背的記憶。」她含羞的回答。

龍環好一會兒沒說話。「父母親總有吧？」

「……我弟妹跟我年紀差得很近。」她含糊的回答，「我是老大。」

他沉默下來，默默走了一會兒，「妳這樣年輕的女孩子，應該很多人追求吧？有心儀的對象嗎？」

靜彤苦笑了一下。「……我不是美女。」

「人類的美女也佔總數很少的比例。」

靜彤安靜了一會兒，「……這個，我學弟追過我，我們在一起過……兩個月。」她硬著頭皮回答。這是她唯一成功的戀愛經驗，雖然維持的時間非常短。

「為什麼分手？」龍環問。

「呃……他喜歡上剛進大學的學妹。很可愛喔，個子小小的，很惹人疼。」靜彤有些歉意，「我長得太高了，大手大腳的，沒什麼女人味。」

「為什麼不是他長得太矮？」龍環反常的冰冷。

這讓靜彤有些不知所措。「……對男人來說，美女比較好吧？」

「我不懂人類的審美觀。」龍環的語氣回暖，「也幸好不懂。」

靜彤垂下眼簾。我不懂他的意思，我不懂。

「到了。」龍環站定，「先把眼睛閉上。」

「……為什麼？」黑成這個樣子，閉不閉眼睛都一樣吧？

「妳的眼睛會受不了。」龍環輕笑，「聽話。閉上眼睛，然後趴在我背上。」

她閉上眼睛。但即使閉上眼睛，她也感到一種刺眼的光亮，透過眼皮讓她眼睛發疼。

「慢慢的，睜開眼睛。慢慢的，不然妳會頭痛的。」龍環叮嚀著。

她聽話的一點一點睜開眼睛，受不了的時候就閉上休息一下。等她完全適應了，睜開眼睛……

她驚呆了。

龍環指端只出現了一點點光源，但這點光源卻在這個洞窟反覆折射到完全通亮、璀璨。

這是個驚人的鐘乳石洞，巨大得幾乎沒有邊際。但就光線照得到的地方……她找不到辭彙形容。

可能這裡有石英或水晶之類的礦脈，和乳黃的、鬼斧神工的鐘乳石、石筍，交融一氣，像是華貴無比的燦爛大廳，發出各式各樣光芒，冰冷的風穿梭，宛如管風琴莊嚴的共鳴，直達天聽。

在大自然耐性的雕琢下，鐘乳石有著各式各樣奧妙的形態，更奇妙的是，居然有的像動物，有的像古木。

「很美吧。」龍環揮了揮手，「這才是我真正的王國。」

「……美到我不能呼吸。」靜彤大大的喘口氣。

「抱緊我。」龍環笑了，「我帶妳飛一圈。」

……飛？

她還沒意識到，龍環已經離地飄起，她嚇得大叫，緊緊的抱住龍環的脖子。龍環被她逗得朗聲大笑。

他姿勢優美的飄飛在巨大的鐘乳石林中，指給她看各種神奇的地方。最後飄飛到一個巨大的王座。巨大到他們兩個並肩坐著，像是王座上的兩個小點。

「……哇。」她頭昏眼花的看著眼前遼闊壯麗的美景。

「喜歡嗎？」龍環笑咪咪的問。

「這已經遠遠超過喜歡了。」

「妳不喜歡珠寶，但應該會接受這個吧？」龍環輕輕握著她的手，「我把這裡送給妳。」

「這跟給我月亮意思差不多。」靜彤笑，「但這是我收過最好的禮物。」

望著她，欲言又止。最後龍環沒說什麼，只是笑笑的。「……其實再過去更美，但……那邊已經不再是我的領域了。」他指了指遙遠的黑暗。「我能力所及的地維只到這裡。」

地維？

「這解釋起來很複雜……」龍環偏頭想了想，「地維，像是這世界的血管。有一些妳看不到的力流，穿梭其間，那是世界的血液。這個地下伏流本來是地維的一部分……但那端，」他指了指，「被某種危險的東西堵塞了。」

靜彤聽得糊裡糊塗，但堵塞她是聽懂了。「……所以你不能從那邊出去？」

龍環苦澀的笑了笑，「……對。或許我完整的時候可以，但現在……」

他默然了一會兒，靜彤怯怯的握緊了他的手，驅散他一些愴然，他振作起來。「我知道妳自己是沒辦法來到這兒的，但我還是要告訴妳，那邊非常危險。不要隨便過去。」

「那邊有什麼？」靜彤好奇起來。

「有『無』。」他嚴肅起來，「會吞噬一切的『無』。」

*　　　　*　　　　*

她應該沒發現吧？

忍著冷汗，將她送回房，龍環急急的回到自己房間，剛關上門就乾嘔，眼前一片模糊。

不行，我得撐住。不然她會很擔心，整夜眼眶紅紅的守在病床邊。

龍環勉強吸了幾口氣，面著炕躺下。他試著讓式神去拿玉膏，雖然動作有點僵硬，但還是可以準確的拿給他。

她應該不會發現吧？

咽了幾口玉膏，痛楚感稍微褪去。他躺著，試著調整呼吸，漸漸緩和下來。太勉強了，真的。他的身體已經快要油盡燈枯，居然還飛行這麼遠，真的太逞強了。

但看到她驚喜的笑，一切都是值得的。

身體非常疼痛疲憊，但心情卻非常的輕鬆、愉悅。

她在人世間，並沒有牽掛的伴侶。

龍環蓋住自己眼睛。這樣想真的太卑劣了，他不該覺得高興，甚至也不該妄想。靜彤待他好，是因為她性子柔順善良，而且這黑暗的牢籠中，只有他們兩個生物。她也只能對他好。

有些苦澀的，龍環彎了彎嘴角。

當應龍因罪幾乎被屠戮殆盡時，他還是快孵化的卵。等他出生時，他的父母早就過世。他的父親是應龍族長，但他從來沒有見過。

是長老拚死帶他逃往人間，受到夏家的庇護。但他出生得遲了一點，並沒有跟夏家訂下主式關係。長老也私心的隱瞞，這是應龍一族的少主，不該受這種屈辱。

但他滿百歲時，長老要他跟夏家女兒定親，他拒絕了。

「我不認識她，甚至連見都沒見過。我怎麼知道跟她合得來？」這個年輕的應龍少主很抗拒。

「你不需要跟她合得來，只要能生下子嗣就好。」長老勸著。

「我不要。」年輕的龍環滿臉厭惡，「我不是人類，更不是禽獸。只有禽獸才會因為生育苟合。」

長老強迫他，這個年輕的少主連夜逃走，開始漫遊人世。

其實，龍環從來沒有討厭過人類，真的。比起日漸凋零、只關心子嗣的應龍，他說不定比較認同人類。在他眼中，人類是很奇怪的種族。他們生育繁多，但心性卻天差地遠。

他見過最堅忍的孝女，也見過最冷血的逆子。但大多數的人類，不那麼好但也不那麼壞，擁有著小小的快樂和悲傷，很快的長大，很快的老去。

這麼匆匆忙忙卻充實的短命種族。

當然，他也想過子嗣的問題，事實上，他很愛孩子。他知道人類的女人偶爾可以生出應龍的孩子，但他的希望很微小，他只希望跟那女人合得來，有話聊，而且不怕他就可以了。

但他微小的希望卻往往只得到失望。

有的女人很美好，甚至不怕他還成為很好的朋友。但那些女人說，只能當朋友，因為沒有心動的感覺。

有的女人也很好，但現出原形時，差點嚇瘋。等遇到一切都吻合的女人，女人也願意嫁他，他卻覺得欠了一些什麼，沒辦法跟她同床共枕。

後來有個村姑笑著跟他說，他缺的是「喜歡」，甚至還大方的伸出手，讓他探究「喜歡」的感覺。

那是一種甜甜的、微酸的朦朧。他終於懂什麼是心動。心，真的會動。

雖然可以用神識了解別人的喜歡，他卻不能對誰感覺到這種情緒。

一直到他因為悲憫惹來禁錮之禍。他曾經懷抱著希望期待新娘，只有兩個生物相處，總可以培養出「喜歡」吧？

但他憐憫新娘，而新娘仇恨他。為了想要離開這個牢籠，他甚至做了他最厭惡的事情——如禽獸般為生育而苟合。

以為到死，都不會體會「喜歡」是什麼。但在他這麼衰弱，衰弱到幾乎死去的時候，他卻喜歡了一個被綁架的外地姑娘。

這是否太遲？

思潮洶湧，他感到內息大亂，冷汗不斷的冒出來。慘了，太勞神嗎？是否又要發作？

他痛苦的抓著棉被，一雙溫軟的手抓著他。

「不舒服為什麼不說呢？」靜彤紅著眼睛，「我會睡不著哪。」

「……沒事。」翻湧的內息漸漸平靜，「我沒事。」

之前，他常痛苦的希望速死。現在，他非常畏懼死亡。

他們過著一種相依為命的生活。

龍環的身體時好時壞，最糟糕的時候整個宮殿幾乎都暗下來，只有火盆的炭火光亮。

因為沒有白天也沒有晚上，所以靜彤也不知道今夕何夕，或者過去了多少歲月。她只能看看古老的水漏，知道地面上是什麼時刻，雖然意義不大。

但她覺得，似乎已經過了很久很久，事實上，她困在這個地下牢籠已經半年了。

這半年間，她照顧著龍環，也被龍環愛護著。她學會了很多事情，甚至包括一點點法術。這點法術還是龍環將自己的鱗片貼在她額頭，才勉強可以使用的。

但龍環說，龍鱗只是引出她原本就有的能力，能修到什麼程度還是得看她自己。這些靜彤都似懂非懂的。不過她可以自己造出微弱的光，在這亙古長夜的黑暗中，其實也就夠亮了。憑藉這微弱的光芒，她可以自己走到鐘乳石洞去。

這是不得不然的。因為龍環的身體弱到臥床不起，歷經幾次非常痛苦的大發作，任何食物都無法進食了，唯一可以吃的，唯有玉膏。

但這種神奇的食物要到鐘乳石洞的根柢才拿得到。

當玉膏快用完時，她冒險去取了一次。發現並沒有想像中的難。龍環怕她無聊教她的小法術事實上還滿實用的，她漸漸可以在黑暗中穿梭自如，很自然的去取玉膏。

任何人類都沒見過這種神奇的東西吧？她小心的踏著水面，現在她可以水上飄，在水面上行走，但不能走得太快。

腳下的水面像塊厚敦敦的軟玻璃，厚軟、卻又沒有實感。

在水中央，有個就算是她也可以取得的玉膏。那是一塊潔白無瑕的玉石，因為水的沖刷和風的雕塑，擁有一種亭亭如蓮的姿態，平貼在水面上，幾乎有一面圓桌那麼大，花心湧著潔白的膏狀物，那就是玉膏。

其實不只是這裡，整個鐘乳石洞都有同樣的靈玉，甚至出產的量更豐富。但只有這裡是她最方便取得的，其他的需要舞空術，而那種飛行法術她實在還沒能力。

這玉蓮的出產雖然少，但也夠龍環每日使用。每天來這麼一趟，她覺得一點都不麻煩。

汲取玉膏，放進玉製的瓶子，她突然有點想笑。這種東西只出現在山海經之類的古籍，誰也不會認為這是真的。但她居然親手汲取，準備給傳說中的龍王食用。說出去誰會相信呢？

她心底微微一痛。又有誰可以說呢？他們只能在這裡監禁到死去為止。設法驅散內心的沮喪和惶恐，心不在焉的情形下，讓她走偏了方向。

等她踏上陌生的岸邊，她驚覺，糟糕，路走錯了。這地底伏流錯綜複雜，迷路了怎麼辦？她回頭，水中玉蓮隱約可見，讓她稍微安心了點。

正要回頭，眼角卻瞥見了一坏黃土。她疑惑的望過去，突然全身發冷。是墳墓。很多墳墓。

她咽了咽口水，上前看仔細一點。簡簡單單的墳墓，墓前豎著玉石，石上刻著名字，環繞著精緻的花紋，然後什麼都沒有。

這裡，就是新娘們的墓嗎？這些墓碑，都是龍環刻的嗎？

墓碑上的花紋各個不同，或許就是新娘給他的感受。將來，他會在我的墓碑上刻什麼？

她的心一陣揪痛。她發現，她不在乎龍環刻什麼。但她想到孤零零的龍王，空洞的一聲聲雕著墓碑，就覺得痛得幾乎想發狂。

深吸幾口氣，她轉身尋到玉蓮的方向，走了回去，也辨明了方向。她轉頭看著墓地，一種模糊的迷惑突然湧上心頭。

龍環是個善良、溫和的人。拘禁這麼久，他依舊保持一種平和的氣質。他不可能、也不會因為報復和仇恨拖無辜的女人下水。

那為什麼他接受這些新娘呢？為什麼他還會計較新娘的生辰八字呢？

這太奇怪。

風聲呼嘯，她指端微弱的光照著深淵似的伏流，打著漩。

漩渦，或稱洄瀾。總是去而復返，被困著。就像她和龍環的處境。抹去頰上的淚，她默默的走著。

快點回去吧。若龍環清醒沒看到她，一定會很焦慮。

她加緊了腳步。

第三章　交融

她踏入門扉，龍環原本委靡的臉孔剎那光亮起來，讓她感到短暫的窒息。他伸出纖細的手臂，靜彤走上前，將臉貼在他的胸膛，親密的相擁了一會兒。

這半年來，他們從陌生到熟悉，到相依為命。默默的發展出一種無言的親密。藉由彼此的心跳，確定自己還活著。

「你醒很久了嗎？我回來晚了。」靜彤心疼的撥了撥龍環額頭上濡溼的髮。他剛剛一定痛苦過，才會這樣冷汗涔涔。

「我聽得到妳的聲音。」

幫他擦汗的手停了下來，靜彤皺緊眉，「你還在生病，不該使用力量……」

「……我會擔心。」

靜彤想說話，卻說不出口。只是默默的幫他擦汗，替他更衣。這些事情她都做得很習慣了，一開始當然是害羞的。但龍環的態度一直落落大方，似乎穿不穿衣服沒什麼兩樣。

那當然，他是龍王嘛。

但他的從容也感染了她，甚至會偷偷欣賞龍環的胴體。龍環乍看很纖細，但行動間有種矯健的氣息，即使是長期的監禁和衰弱也不能泯滅。他的身體修長而美麗，完美並且充滿生命力。

有點像是希臘美少年的雕像，只是沒那麼外顯的肌肉。他畢竟是中國的龍王。

但他臍下有道非常醜陋的疤痕，大約食指長，卻扭曲糾結，令人怵目驚心。偶爾瞥見一次，靜彤嚇呆了。

發覺靜彤的目光，他淡然的穿上衣服。「很久以前的舊傷了。」

「……那不會是割盲腸吧？」縫成這副德性，不去告醫生對不起天地良心。

龍環輕笑，「呵呵，不是的。那是剜出內丹的舊傷。」

現在她又看到那個可怕的傷痕。畢竟部位太曖昧，她實在不該盯著看，但每次看她都有相同無能為力的哀傷和憤怒。

他們怎麼可以這樣？他們憑什麼這樣?!

含著眼淚幫龍環擦澡，又幫他換好衣服。他安靜的半閉著眼睛，長長的睫毛在臉頰落下陰影。

看到她若有所思，龍環撫了撫她的頭，「在想什麼？」

「沒有呀。」她掩飾著，掏出一個碗大的玉石，「喏，給你玩的。」

他孩子氣的笑了，像是捏陶一樣玩著堅硬的玉石。靜彤欣賞著他的靈巧，他和玉石的關係非常深，像是牧人與他的羊。他的手極巧，而玉石遇到他總是意外溫馴。

很快的，那個碗大的玉石成了一隻怒飛的飛馬，四蹄燃著火，舉翅欲去。

「真漂亮。」靜彤幫他放在床邊的小櫃子上。或許明天來會變成鳳凰，或者是麒麟。這是龍環病中的唯一消遣。

「妳有心事。」龍環觀察著她，「什麼事呢？」

瞞不過他。靜彤咬了咬唇。龍環尊重她，她明白。龍環想的話，只要握著她的手，就可以看穿她所有的心思。但他總是尊重別人，像是尊重著自己。

「……龍環，你為什麼需要新娘？」

龍環的臉孔褪得慘白。她問了。他一直希望靜彤別問的。「……我怕孤單。」

靜彤偏著頭，她一點都不相信。「那為什麼指定生辰八字？」

龍環沒有說話，但靜彤固執的盯著他看。

撒個謊含糊過去？但龍環不喜歡這樣，特別不喜歡騙靜彤。「……那是我推算中最容易生出子嗣的新娘。」他苦澀的笑了笑，「我需要子嗣。」

靜彤眼中露出迷惘。

龍環苦笑了一下，「我被剜出內丹，」他比了比傷痕，「等於將我的法力撕出勢均力敵的兩半。他們只要將我的內丹放在上面的塑像裡，用禹王爺的鎖龍鍊捆起來，我等於被自己另一半的法力困住。要不，就要有人拿下鎖龍鍊，要不然，就得有個應龍在這裡幫我。」

「……但這裡不會有任何生命進入。」靜彤說。

「所以他們給我新娘。」龍環輕輕冷笑了一下。「他們要的是永遠的水源，但其實沒有永世水源這種事情。這是片乾枯的大地，他們能獲得的水就是這麼多而已，他們要湧泉何不搬去江南？我告訴他們實情，我也說過只能救急，但他們……」

過往遭背叛的傷痛翻湧，他緊緊的握緊拳頭，「他們利用了我的信任。他們用鎖龍鍊將我捆起來，就在這裡……在我意識清醒的時候……」

「龍環！」靜彤的眼淚掉下來。

他勉強冷靜下來。都過去了不是嗎？他不是發誓，不管怎麼樣，都不讓仇恨污染自己，不是嗎？

「……這是趙家和我的賭注。他們要的是永世的水源，不是頭死掉的龍。所以他們不能讓我自盡。他們給了我一個微弱的希望，只要我能生下子嗣，即使只是初生的應龍，也足夠破壞這種均衡。趙家賭我永遠不會有子嗣，我賭我會有。所以他們給我不甘願的新娘，我也就……就像禽獸一般，為了生育而苟合。」

觸及傷痕，勉強的冷靜崩解。「我到底是為了什麼，離開族民獨自流浪？不就是為了抗議這種禽獸似的苟合？」龍環激動起來，「為什麼？究竟為了什麼？我為什麼必須這樣才可以……」

「龍環，龍環！」靜彤抓著他的手，「那你為什麼不跟我試試看呢？為什麼不告訴我呢？」

他張大琥珀色的眼睛，神情複雜的看著靜彤。

他知道會這樣，如果告訴靜彤的話。她大約沒想到自己能不能出去，而是想到被拘禁千年的他終於可以自由。

「……妳不是新娘。」他哀傷而憐愛的扶著靜彤的臉，「妳是外地人，沒喝過我半點水，沒受過我一絲恩澤。妳是不幸被牽連的姑娘，妳不應該是那個被獻祭的新娘。」

「但是……」

「聽我說，」他恢復冷靜，「彤，我沒說實話。或許一兩個月，或許一兩年，妳應該就可以出去了。」

靜彤張大眼睛。

「我的壽算應該就這麼多。等我死了以後……」

「住口！」靜彤突然怒吼，不但嚇到龍環，也嚇到自己。

我叫龍王住口。她想笑，但更想哭。「……我不准你死，我不准你丟下我。就算你不喜歡我，覺得像是苟合，我也求求你試一試。我喜歡你，我好喜歡你！我不求你喜歡我，但我求你好好活下去……」

她哭得非常慘，「只要你好好活著，什麼都不要緊，求求你……」

龍環白皙的臉孔沁著深深的桃花紅。「……妳真的知道，妳在說什麼嗎？」

靜彤狠狠的點了頭。

「那妳知道，我喜歡妳很久了嗎？」

這下換靜彤的臉湧起相同的紅了。

這真是非常神奇的事情。龍環想。我會心跳的人，也會對著我心跳。這非常非常奇怪並且巧合。

但她是人類，我是龍族。我能接受人類內心和外表天差地遠，但人類不能接受我的真身。

「我……不是只有人類的模樣。」他聲音緊繃，「或許有一天，妳看到我的真身，感受又不同。」

「……葉公好龍？」靜彤依舊漲紅著臉，但她昂起頭，「你為什麼不試試看？」

原來她的柔順下面，還有這樣倔強的一面。

龍環望著她，挑起一邊劍眉。像是靜彤的勇氣感染了他，讓他也想知道結果。

「好。」他開始變化。

人類的形體開始霧樣，漸漸的轉化成其他形體。如馬、如虎、如蛇，漸漸的碩大，鱗片而有角，長出龍鬚。

他幾乎將整個炕佔滿，蜿蜒著，風霧相從，讓靜彤的頭髮獵獵的飛響。靜彤瞪大眼睛，望著這個猙獰、莊嚴，又極度聖潔和美麗的生物。

他全身雪白如玉，每片鱗片都燦爛如銀盤。她伸出手，扶住龍王的臉頰，像是第一次見面的時候。

「……哇。」她瞪大眼睛，呼吸不太順暢。「哇。」

龍王眨了眨他琥珀色的眼睛，用臉輕輕頂了頂靜彤。

「……怎麼樣？」龍環的聲音有些擔心。

「你好漂亮。」她滿心想說，卻找不到適當的形容詞。「你好美，天哪，世界上怎麼有這麼美的生物……」她抱住龍環的脖子（應該是吧？），發出一陣陣興奮的笑。

那是震驚、喜悅和感到極度奇妙的笑，是不敢相信自己如此幸運，擁抱著這種美麗生物的笑。

然後懷抱著的龍環漸漸縮小，同時伸出手來擁抱她。他恢復成人身，微偏著頭，輕輕的撫著靜彤的臉。

但靜彤動也不敢動，只敢看他的臉。因為他變身霧化時，鑽出了自己的衣服。現在的他，一絲不掛。

「現在我的感覺很奇怪。」他白皙的臉孔有著淡淡的紅，「我的心滿滿的，但又覺得空空的。」他在靜彤耳邊低語，「我……我突然很想……」聲音細得幾乎聽不見。

但靜彤聽見了，臉孔像是著了火。「……我經驗很少。」

「我倒有經驗，」龍環坦承，「但太久了，不知道我還記不記得。」

「呃，那個……嗯，那個……好。」靜彤緊張的吞了口口水，「好，拜託你了。」

「請多指教。」龍環溫柔又禮貌的說，然後吻了靜彤。

就在那一夜，他們成了夫妻。

*　　*　　*

等昏睡過去的靜彤打個噴嚏冷醒過來，發現炕在很遙遠的地方。她正趴睡在龍環光裸的胸口上，棉被褪到腰下。

……他們是怎麼從可以睡好幾個人的炕滾到房間的這一頭？她感到腦袋有點疼……是了，她不知道怎樣從炕上跌下來，龍環沒把她抱回去，也跟著下地了。

摸著腦袋腫起來的硬塊，她有點氣悶。

說起來，她經驗稀少得可憐，龍環也幾乎忘光。一開始，還真是嘗試的很辛苦，甚至笑場好幾次。

等進入狀況，又太進入狀況。

她又打了個噴嚏，全身起了雞皮疙瘩。怎麼剛剛只覺得熱得要死，連地板都不覺得冷了呀？

她吃力的想把龍環扛回炕上。該死，她完全忘記龍環是病人。這樣的「激烈運動」，真的沒問題嗎……？

龍環揉了揉眼睛，「唔？我們怎麼躺在地上？」

問得好。我也想知道。

「太冷了……凍壞妳了。」他愛惜的撫了撫靜彤的手臂，「我們回炕上睡……」

他將棉被和靜彤一起扛起來，回到炕上。但他的睡又不是純粹的睡覺。

「……你還在生病吧？」

「嗯……牡丹花下死……」

「好幾百丈的地底下，哪裡來的牡丹花？」

自從「成親」以後，原本幽暗的宮殿，如許光亮。

龍環最大的病因原本就是長久的監禁和絕望，但和靜彤兩情相許之後，因為熱戀，他的希望重燃，孱弱的病體注入了新的力量。

他漸漸痊癒，雖然和巔峰時期不可同日而言，但也不再纏綿病榻。他這樣憐愛靜彤，也得到靜彤相等的回報。他甚至忘記自己依舊被監禁，或者說，被監禁也無所謂。

他終於了解為什麼會抗拒沒有感覺的苟合，他一直朦朧憧憬卻無法述說的，就是愛上一個人，並且為其所愛，進而親密，想要結合生子。

聖獸原本就是這樣含蓄深情的種族，應龍當然也不例外。只是應龍族遭到代天帝屠戮，為了種族生存，不得不靠苟合延續，龍環出生在人間，也不了解先代的堅持。

但他本能的繼承了這種堅持。

現在的他，非常舒心快意。即使只是看著靜彤在他身邊看書，他也滿懷柔情和感激。冥冥中，或許各有註定。說不定他千年來的監禁，就只是為了等待靜彤的到來。

發覺他的眼光，靜彤紅了臉。「……淨看著我幹嘛？」她別開頭，唇角沁著甜美的笑意。

「來，」他招著手，「我們來『看電影』。」

靜彤笑著坐在他懷裡，和他抵著額，擁抱著，並且閉上眼睛。

龍環可以經過握手或擁抱這樣的肌膚接觸，分享自己的記憶或者是讀取對方的記憶。但他發現更妙的應用，他可以讀到靜彤的記憶，然後將記憶用非常清晰的顯像，讓兩個人同步閱讀。

他從來不知道「看電影」是什麼意思，但靜彤的記憶讓他知道這名詞。他一直很希望可以去電影院，和靜彤一起吃傳說中的爆米花和可樂，看著極大的電影螢幕。

但現在這樣，也很不錯。

「昨天看〈霍爾的移動城堡〉，今天要看什麼？」他問。

「看〈神隱少女〉好不好？有日本的龍喔。」靜彤笑得很燦爛。

〈神隱少女〉？龍環閉上眼睛，經由神識開始在靜彤的記憶裡尋找。他很難說明人的記憶是什麼樣子的，那是非常繁複的結構，勉強來說像是無數抽屜，在混亂中自有順序，而且容量大得驚人。但如果要將所有記憶都運作起來，人類的腦子可能會因為運轉過度而爆炸。

所以人類會停止某些記憶，這就是「遺忘」。

但停止，不是消失。所有的記憶都存在，像是現在，他找到了屬於〈神隱少女〉的記憶，就可以讓兩個人都「看」得到。

這其實是一種侵犯，龍環是不會去用這種能力的。但靜彤……靜彤不同。她完全開放自己的一切給龍環，完全沒有保留。不管是身還是心。

他將永遠愛慕著她，這就是聖獸的宿命。

隨著靜彤記憶裡的電影，他們凝神靜氣的看了少女與龍主淡淡的情感和真摯。

「……真棒啊。」靜彤讚嘆，「看好幾次了，還是覺得很棒。」

「人類也真會想。」龍環笑，偏頭思考了一會兒，「我也辦得到。」

「……啊？」靜彤睜大眼睛。

「這很簡單啊，改變外貌，讓自己成為水的一部分。」龍環開始變化，「應龍原本就是掌管大海和水源的古老龍族。」

他變化成中國的白龍，叼著靜彤的衣服，將她擲到背上，惹得她尖叫。等她顫顫的握住龍角時，龍環在空中矯健的打旋，嘩啦一聲，原本銀盤般的龍鱗褪去，現出水的本質，又覆蓋上日本想像之龍的細白鱗片和魚尾。

「……龍環！」靜彤又怕又興奮的大笑，「龍環你好棒啊！」

「呵呵呵，抓緊！」他猛然翻騰，用極快的速度沿著伏流飛馳。一路上靜彤爽朗的笑聲如水流般歡快著。

多久沒這樣飛了？都快忘記他會飛。忘記他是條龍，忘記風這樣猛烈跟隨的滋味了。

他一直飛馳到鐘乳石洞，發出強烈的光讓整個閃爍大廳為之燦爛眩目，沿著最大的支柱扶搖盤旋，讓風聲更為猛烈，引起極大的共鳴。

最後落在王座上，纏繞著靜彤。是這樣愛她，這樣愛她啊。靜彤親吻著他的龍頰，心滿意足的嘆息。

這是他生命中最光輝燦爛的一刻。他不再是個囚徒，而是許下終生之誓的應龍。

但這樣美妙的時刻，卻被強烈的森冷入侵。甚至讓他這個龍王毛骨悚然。

他咬住靜彤的衣服，將她擲回背上，火速飛離王座。

差一點點，只差一點點，他們就讓「無」抓到了。

他瞠目看著數量如此龐大的「無」，像是一種噁心的病菌，密密麻麻的爬滿了原本閃爍光亮的鐘乳石洞。

「『無』到底是什麼？」緊緊抓著他的龍角，靜彤顫著聲音問。

「地維的寄生蟲栓塞。」龍環緊繃起來，「這太快了。這起碼是好幾千年的繁衍進度。」

繁衍到這種程度，起碼也要好幾千年。為什麼濃縮在這一、兩年發作？

「太奇怪了……」

但更讓他震驚的是，這些「無」居然成群結團、盤據如蛇，饑渴的衝向他們倆。

「無」吞噬「有」，尤其是生命。

「……欺人太甚。」龍環勃然大怒，「搞清楚，我可是應龍的少主啊！」

他發出引起地鳴強震的龍吟。像是深深的震動靈魂，讓好幾百丈上的地面居民都像是酒醉般，如痴如醉的顛倒。

這響亮的龍吟讓「無」瞬間散形，像是退潮般退得乾乾淨淨，回到深處的黑暗中。

龍環停滯了一會兒，歪歪斜斜的降落在岸邊，頹然的癱軟下來，恢復了人形。

「龍環！」靜彤趕緊扶抱住他，「你要不要緊？龍環！」

「我……我只是使力過度。」他抓著靜彤的手指發白，「我沒事。」

但他昏過去了。

就是這一天，靜彤學會了舞空術，雖然飛得很差，常常飛一飛得停下來穩氣。但她體悟到，學習最快的方法，就是你迫切的需要這種知識。

現在她的確非常迫切。

＊　＊　＊

神巫非常焦慮。

前幾天，應龍突然發出極為響亮的龍吟，引起一場輕微地震。這不是最糟糕的，更糟的是，因龍吟起的共鳴效果，讓許多村民感受到他的憤怒，眾人哀哭驚嚎、伏地不起，認為長期監禁應龍終於要有報應了，許多人開始倡議要釋放應龍。

開什麼玩笑！

這個村子長期以來的富饒，是他們趙家的庇護，不是那條爬蟲類！是他們使巧計抓住那條狡詐的應龍，犧牲自己的族女，好保住村子永恆的水源。

從來都不是那條長蟲！

這片荒瘠的大地，若不是他們趙家犧牲這麼多，哪能夠一年收成兩次，種出最甜美的蔬果，甚至足以養魚？這些珍貴的物產都是他們趙家的功勞，憑什麼讓這些愚蠢的村民和更愚蠢的長蟲毀掉這一切？

更可恨的是，那條長蟲居然不聽他的奏章和召喚，裝聾作啞避不見面！

他咬牙切齒的在水鏡前走來走去，正考慮要用鎖龍鍊逼他現身時，水鏡模糊蕩漾，他趕緊衝上前去……

卻看到那個代替他妹妹的外地新娘。

這是怎麼回事？

「龍環大人呢？」他咆哮起來。

那女孩居然瞪著他，「龍環病了。」

裝死裝病，還有沒有？「病了也叫他給我出現！我告訴妳，我耐性很有限……」

「我耐性也有限，搞不好比你沒耐性，神巫大人。」女孩很不客氣的頂回去，「若不是龍環要我跟你講，我才懶得跟你這綁架犯說話。」

神巫瞪著她，太陽穴的青筋跳動。「……妳是什麼東西？敢這樣跟我說話？」

「我是應龍夫人。」女孩倔強的一昂頭，「客氣點，服侍應龍的神巫大人。」

他幾乎將自己的牙咬碎。「……龍王有什麼話說？」

「龍環要我告訴你，地維根柢的無繁衍到可怕的地步，他用龍吟暫時抑制住，但不是辦法。要你想辦法祓禊鎮壓，他說他教過你們祖先，叫你回家查書去。」

無蟲？這真是笑話。無蟲不過是無稽的神話，還真以為有這種東西？滿口謊言！

「不要用這種無稽之談當作藉口。無故龍吟是什麼意思？叫龍環出來！」

「他病了。」女孩露出非常厭倦和憤怒的神情，「要我說幾次？」

「裝病對我是沒用的！」他失控的大吼起來，「無恥的潑泥鰍！」

那女孩的手出現在水鏡，攪混了影像，甚至噴濺出尖銳的水花。神巫走避不及，居然讓水花割傷了手。

「我警告你，你再侮辱龍環，我一定會宰了你，聽到沒有！」女孩怒叫完，翻倒了水鏡。

……一個凡人的女孩子，可以在水鏡顯像，甚至使水刺傷到他？

這比龍吟還讓他震驚，隱隱的感到大禍臨頭。他算過女孩的八字，也感悟過她的氣。她的確擁有龍的血脈，但稀薄得等於沒有。她不可能也不會……

難道她懷了應龍的孩子？

這事實讓他發冷。怎麼會呢？不可能的。一千多年了！應龍不可能有子嗣，尤其要在人間繁衍，這簡直是緣木求魚。

但怎麼解釋她的異能呢。

「……該死，真該死。」他喃喃的咒罵，臉孔也陰沉了下來。

＊　　＊　　＊

這個月的花船，沒有給新娘吃的食物。

原本靜彤瞞著不讓龍環知道，但他還是知道了。「……妳為什麼不說？」

「……還有存糧啊。」雖然所剩無幾，「我不想跟那王八蛋乞討。」

「妳……」龍環心疼不已，又有種隱隱的恐懼。「幫我布水鏡。」

「我不要。」靜彤低下頭，倔強的咬著唇。

龍環看著她，眼神越來越哀戚。「……我不能失去妳。」

「好啦！」她帶著哭聲，龍環的哀戚屈服了她，「我去布水鏡。」

撐著病體，龍環在水鏡裡顯像。「新娘的食物呢？」

神巫微微冷笑，若無其事的。「清單上有。」

「花船上沒有。」龍環忍住怒氣。

「可能是半路上遺失了，下個月補吧。」神巫淡淡的說。

龍環變色了。「……你想把她餓死？」

「沒這種事情。」他嘆氣，「花船一直勞民傷財，一個月兩次真的很難交代。不過龍王都提起了，我再派艘船去就是了。」

第二天，花船的確來了，卻是滿船腐敗的食物。

龍環大怒的要再布水鏡，卻被靜彤哭著攔住了。「求求你，不要跟他乞討！沒用的！」她很生氣，的確非常生氣。但她激怒了獄卒，這也是想像得到的結果。但她不要龍環去低聲下氣，她受不了。「大不了我跟你一起喝玉膏！」

人類不能隨便喝這個……龍環想這樣講。但沒有修煉過的人類也不會用水鏡，不會舞空術或水上飄。

玉膏可以使人長生不老，但體質要對。體質不對，輕的可能會重病或發瘋，嚴重的話……可能會死。

「真的嗎？」靜彤張大嘴，「但我喝過好幾次了欸。」

……啊?!

「喝起來像優酪乳，也比較容易拉肚子。喝多了還會有酒醉的感覺，所以不是那麼喜歡……」

他瞪著膽大包天的妻，有一點頭暈。這是上天的玩笑還是憐憫？

但在神巫殘忍的斷糧三個月之後，靜彤依舊活著。不但活著，還活得活潑健康，精神奕奕。

纏綿病榻的龍環，想到神巫可能會有的表情，都會忍不住笑出來。

第四章 激越

龍環這次的病很重。

即使不再絕望，但長期而殘酷的監禁嚴重損毀了他的健康。他的龍吟雖然強而有力，甚至可以擊退數量極為龐大的無蟲，但也是他僅存的力量。

過度耗損讓他病倒，而且纏綿病榻幾個月之久。

但宮殿依舊光亮，式神也行動自如。他心底驚異，卻不知道原因何在。

他太年經就離開族群，從來不知道子嗣是怎麼回事。應龍之間的生育非常繁複，需要經過「思抱」等等程序。和人類間的生育就簡單多了，但人類若懷上應龍的孩子，孕期卻非常非常久，有的直到白髮蒼蒼才有懷孕的跡象，不一定是卵，偶爾也有胎生的現象。

這些，他完全不知道，所以他更不清楚靜彤有了他的孩子。

至於靜彤，就更不懂了。她今年也才二十出頭，對於懷孕生產完全茫然無知，何況是龍的孩子。她只覺得精神特別好，玉膏很合胃口，法術更得心應手。漆黑的地下無歲月，她的經期又一直不太穩定，週期又長，所以她也沒發現許久不曾來潮了。

一方面是玉膏，一方面是愛情的滋潤，她變得溫潤純淨，容貌沒有大改，卻有種珠玉質感的氣質。

他很愛，非常非常喜歡看著她大聲念著花船送來的書，龍環會輕輕捲著她垂下來的柔髮，貪戀的看著她溫潤的臉孔。

「……你到底有沒有在聽呀？」趴在炕上的靜彤有些不滿的皺皺鼻子。

「有，妳剛說到少龍隨狂風暴雨而去，君心答應盡力而為那段。」他笑。

「簡體字看起來真辛苦。」她抱怨，「不過有得看就不要挑了……」

這是他們最喜歡的小說之一，作者據說是姚夜書改筆名寫的。當然他們也看姚夜書的恐怖小說，龍環還會加上許多解釋。

「龍環，四海龍王也是應龍嗎？」她輕撫著龍環細緻的臉孔，即使充滿病容，還是她眼中最好看的人。

「不同的。」龍環發笑，「我們應龍統治全世界的海洋和水源時，真龍族還是隨波逐流的小龍。」

「……所以他們姓敖你們姓龍？」

「不是，」他搖頭，「所有的龍族都姓龍。這跟人類的姓氏不一樣。這是表明我們都是龍族，當然龍族有很多種……當我遇到其他龍族，就會自稱『應龍環』，他們就會馬上了解我的種族是哪個。若是敖家兄弟遇到我們，可能會說他是『真龍敖廣』或『龍敖廣』。因為真龍算是後起之秀，他們原本是沒有前面的族稱……」

他微微苦笑，「直到應龍被滅了，他們才出頭。所以……自稱『真龍』。」

「……應龍為什麼被滅？」她很好奇。

「聽說我父親應龍得罪了代天帝。」龍環聳了聳肩，「天界是很專制的。」

「……你父親叫應龍？沒有名字？」

「噗。」龍環笑出來，「應龍就是他的名字。他是族長，就當以族為名。他可是很偉大的武將……而且非常古老，生育過很多很多子嗣……」他沉默了片刻，「我是他最後一個孩子，也是僅存於世的孩子吧。」

應龍一族，不知道斷絕了沒。他在人間浪游的時候，發現了一件悲傷的事實。這人間依循一種奇異的規則，不讓神族久居，即使原本居於人間的應龍也不例外。歸化成神族，人間就否定了所有的居留權。

他見過太多滯留人間的神明或聖獸不得不回天，留下來的也因為這種神祕的排斥，漸漸失去神能，壽命大幅縮短。

想避免這種副作用，只能成為人類的式神，或者是得到人類的香火。聽說魔族更慘，除了成式，只能倚賴人類的血肉。

但他卻是個例外。他想過，或許是因為他在人間孵化，所以被認可了奇妙的居留權。他的衰弱是因為監禁，而不是排斥。

「我父親被斬首在列姑射舊址的島末。」龍環垂下眼簾，「之前我不忍心去，如果有機會出去，我倒很想去弔祭。」

「列姑射舊址在哪啊？」靜彤茫然。淮南子的列姑射她是知道，她對這些神怪故事本來就很有興趣。

但真的有列姑射島這個地方？

龍環張大眼睛看著她，「……妳就住在那兒呀。妳不知道妳的出生地就是列姑射舊址？」

靜彤瞪著他，嘴巴成了一個可愛的O型。「……我真的完全不知道。」

她覺得有點頭昏。

＊　＊　＊

那女人，應該早就餓死了吧？

但神巫感到心神不寧。那條長蟲既沒有哀求他，也沒有破口大罵，雖然他解釋成爬蟲類冷血無情，但他依舊感到不安。

太平靜了，這完全不對勁。

半年了。他知道龍王不依靠他送進去的食物，他另有神祕的方法活下去，但那女孩鐵定會餓死。

從送那女孩進去到現在，剛好整整一年。

當然他還是會歉疚，當然。但他只有一個妹妹，他沒辦法看著妹妹受惡法然後註定進去等死。或許沒讓那女孩先受法是錯的，可能。

但時間太緊迫，要找到相同時刻出生的女孩先瞞過龍王的封印實在困難，尋找這麼幾年，哪知道就在最急迫的時候找到，還是個外地人。

太倒楣了。

他煩躁的走來走去，不斷的看鐘。今天是龍王跟他會面的時候，他一定要套出龍王的話，好證實他的憂慮。

但這潑泥鰍著實狡猾，言辭閃爍，讓他真想破口大罵。結果在龍王轉頭的時候，神巫瞪大眼睛。

龍王白皙的脖子上，有個瘀青似的吻痕。

在除了新娘沒有任何生命可以進入的地下，這個吻痕從何而來?!她是怎麼活下來的?!

關閉水鏡之後，他抱住腦袋。太糟了，真的太糟了。他討厭這麼做，但非這麼做不可。

「……該死的長蟲，天殺的潑泥鰍！」他恨恨的站起來，「這些殺孽都得算在你頭上！」

這一天之後，幾個村落的女孩被買走，或者乾脆的失蹤了。這是窮鄉僻壤，幾乎沒什麼人注意到這些。

然而這些女孩，都冤死在趙家的地窖中，受了很大的折磨。神巫用的是家傳的「冤術」。這十幾個女孩對應的是十幾個趙家的新娘，生辰相同，容易起共鳴。

他將這些無辜死去的冤魂納入柳木中，寫上相對應的名字和八字。冤死的女孩、冤死的新娘，兩兩成對。

要指使這麼多冤魂很不容易，但他非做不可。神巫深深吸了口氣，燒符開壇。他趙家的產業在這裡，一村的性命在這裡，他不能看個無恥和爬蟲苟合出雜種的爛女人毀了這一切。

這些都是你們逼我的。應龍別想要有逃生的機會！

沒有人知道趙家付出多大的代價。神巫起壇，默默的想著。他正在應龍祠的大廳中，正對著捆著鎖龍鍊的應龍塑像。

沒有人知道。

這些族女，都是他們趙家的姑娘。趙家一旦在迫近賽祭的前一、二十年內生出女兒，往往會舉族痛哭。束手無策的，等待那條殘忍的龍指定哪一個女兒當新娘。

一旦指定，全家痛哭失聲，有的還會試圖帶著女兒逃跑，但為了這個村子，他們不能逃，總是被抓回來。因為悲痛或病或死的父母不知道有多少。新娘往往還沒賽祭，就已經如槁木死灰。

新娘在賽祭之前，必須靜心祈禱、齋戒隔離一、兩年，這是對外的說法。事實上，這些新娘還必須接受一些惡咒，這些惡咒流傳了一千多年，已經艱澀難解到神巫也不知道真正的意思，但這些新娘往往早死，而且無法生育。

但他們趙家神巫世代相傳的「冤術」，卻從來沒有斷絕過。這些冤死的新娘，還身負重要的使命，萬一有逸脫常軌的「意外」，他們可以經由這種極度殘酷的惡術，支使這些死去的女人，抹殺幾乎不可能存在的應龍子嗣。

有誰知道，他們付出多慘痛的代價？他絕對不能眼睜睜看著自己唯一的妹妹走入這種煉獄般的宿命。

他咬緊牙關，現在他不得不啟動這種惡術，造下許多殺孽。他是被迫的，不得已的。

一手抓著塑像上的鎖龍鍊，一手抓著桃木劍。壇上擺著十餘個寫了姓名和生辰的柳木。這太吃力了，他甚至沒有實驗的機會。

但他也沒辦法找人幫忙。

一舉桃木劍，壇上的符立刻起火燃燒，發出響亮的聲音。

*　*　*

正在汲取玉膏的靜彤猛然抬頭，四下張望。

透過微弱的法術光，她看不到什麼。盡力傾聽，她也只聽到伏流永不間斷的嘩啦聲。

但她在這個幽深的黑暗洞穴住很久很久了，對一切的聲響氣味光線都很敏感。若是龍環尋來，大老遠的她就感覺得到，不說龍環臥病，這種微妙的不同並不是龍環微帶悲感的溫和。

她收好玉瓶，屏聲靜氣的從玉蓮之上飛高一些，滅了法術光。濃重的黑暗中，出現了點點碧綠的火。

這是什麼？她眼中出現迷惘。任何生命都不得進入這牢籠，為什麼會有這些綠光？

她想過去看看，但又本能的感到危險。先問問龍環好了，這種事情他比較懂。黑暗中不辨五指，但這條路她已經走熟了，無須視力也能夠回得去。

她謹慎的飛行，試著不發出一點聲音。但綠光卻飛快的逼近。

不好！

她加快速度，但覺得腳踝一緊，一捆絲狀物似的東西纏住了她，將她往岸上拖。力氣是這樣的大，她筆直的墜落。

她大叫，指端本能的出現法術光，讓她盡力避開岸邊崢嶸的岩石，往沙灘那端滾去。雖然如此還是遍體鱗傷，並且繼續被拖往岸邊深處。

這微弱的光讓她看清楚綠火的本相。恐懼像是冰水一樣淋了她全身。穿著紅衣嫁裳的新娘們，面無表情的從她們的墓地走出來，發著鬼火。和死寂的她們相反，張狂的黑髮宛如充滿生命的野獸，纏上她的腳踝，並且貪婪的蔓延而纏繞她全身。

她只剩下一隻右手是自由的。

學習法術，她一直不是太有天分的學生。但瀕臨生死存亡，許多學習過的法術突然湧發，她火速的用一隻手掐著手印，「寂滅！」

隨著她的手印和咒，火光沿著雜亂蔓延的黑髮迅速燃燒，雖然有些燙傷，但她脫離了束縛。

轉身飛逃，這些新娘木然的跟在她後面緊追不捨，像是絳色的災難。

「龍環，」她驚叫，害怕得全身顫抖，「龍環！救命啊！」

他猛然睜開眼睛。靜彤？她非常害怕，害怕什麼？是什麼侵入這個死寂的牢籠？他推被而起，強烈的痛苦襲擊了他，讓他呼吸不到一點空氣。

劇痛讓他整個人顫抖的反弓。他不明白。「仲業，你搞什麼？」

但神巫沒有回答。龍環覺得呼吸越來越困難，剜出內丹的舊傷迸裂出血。神巫為什麼……為什麼使用鎖龍鍊？他動彈不得，痛苦莫名。

他在催動鎖龍鍊。讓鎖龍鍊對他的內丹加強束縛和禁制，限制他的行動。但，為什麼？已經讓他們拘禁上千年了，他們為什麼……

在極度痛苦中，他聽到了靜彤的慘叫。他的心幾乎馬上碎了。

他不讓我動。因為他要殺我唯一的希望，唯一的愛。

為什麼？為什麼?!

狂躁和暴怒湧上龍環的心，讓他眼前一片血紅。他忿恨而悲痛的發出深沉響亮的龍吟。

靜彤！

被無數亡靈的手揪住、拉扯，恐懼和傷害得幾乎痲痹的靜彤聽到龍環的龍吟，眼中滲出不捨的淚。

他很痛。龍環現在很痛很痛。

她落淚，卻不是因為處境這樣恐怖，而是她心愛的人那宛如臨終的吶喊。像是一種奇蹟，她血緣中微弱到幾乎等於沒有的龍族血脈居然在這個時候甦醒，讓她張口也發出龍吟，縹緲幽弱，卻清晰得傳遍整個寂靜的地下伏流。

兩種龍吟，一個深沉響亮，一個縹緲幽弱，卻交互纏綿，充滿無盡的深情。

但這兩個人卻不知道，他們完成了「思抱」這個細緻複雜的生育大任。

純種龍族婚配後，並不只是魚水之歡後就完成。而需雄龍在上風處，雌龍在下風處，出聲呼喚（龍吟），子龍才能孵化，這個過程稱為「交抱」。

太早離開族群的龍環和身為人類的靜彤一點點都不知道，他們只是為了不能死在一起感到非常遺憾和痛苦，由內心深處發出絕望的呼喊。

但他們無意間完成了思抱，促使未足月（應該說未足年）的孩子出生。只是一團金光包圍的霧氣，從靜彤的身體裡衝出來，漸漸成形。

「終於……我擔心到死之前都不能抵抗一下呢。」那頭稚嫩的小龍，全身燦著金光，有著稚嫩的角和小小腳爪，具體而微的美麗小龍。「傷害我母親的罪可是很重的。」

他發出如鐘的叫聲，跳到鬼新娘的身上，開始他出生後的第一件大事：保衛母親的生命。

鎖龍鍊弱了。龍環感到壓力減輕。他懷著絕大的怒氣和神巫抗衡，直到專門剋制龍族的鎖龍鍊也開始出現裂痕，上千年來堅固的結界開始動搖，崩潰。

我的孩子出生了。

在死之前，我要看看他，我想看看他啊！天啊，冥冥之間的主宰啊，憐憫我，偶爾也憐憫我一下啊！讓我看看我的妻，我的子啊！

他臉上蜿蜒著激動的淚，用盡全身最後的力量。他沒有辦法打碎鎖龍鍊，但他懷著必死的決心，掙脫了束縛。

應龍塑像應聲而碎，包括他的內丹在內。

這強烈的反噬逼他吐出血來，一口又一口。我會死吧？自毀內丹，我應該……會死吧？

他扶著牆站起來，化成浴血的白龍，飛馳而去。

等等我，靜彤。等等我，孩子。我馬上就到你們身邊，馬上就去。

他降落時，心裡的痛比幾乎解體的痛還劇烈許多許多。未足年就出生的小龍，奄奄一息的躺在呆滯的靜彤懷裡，鬼新娘折手斷足，歪斜著脖子，依舊前仆後繼。

「龍環。」靜彤滿臉的淚，「我沒有照顧好孩子……」

「……妳很好，你們，都很好。是我來遲了。」他喃喃著，「我馬上處理好……」

他將所有的神能都灌注在最後的龍火之上，可以淨化一切的龍火。他將這些鬼新娘燒得乾乾淨淨，魂魄和屍身蕩然無存，連灰燼都沒有。

他的心裡空空的，寒冷的疲倦濃重的襲上來。

恢復為人身，因為他想抱抱極愛的妻，和甫出生就瀕死的兒。

他活不成了。龍環心下雪亮。他原本是條漂亮的應龍，但現在，鱗脫角折，活不久了。

「……別說。老爸，別說。」小小應龍用龍族獨有的傳聲，細細呢喃，「老媽會受不了。」

他痛苦得無法壓抑，輕輕捧著他的孩子。真是勇敢的孩子，但緣分卻只有這麼長？

他將瀕死的小應龍霧化，放回靜彤的身體裡。她也因此出現了人類懷孕的狀態，肚皮微微隆起。

「……我不知道我懷孕了。」靜彤抱著龍環，哭得很慘。「他要不要緊？龍環，對不起……我居然沒有發現，我沒保護好他，反而是他保護我……」

龍環含著淚微笑，頹然的倒在她的腿上。「……聽我說。很快的，伏流會改向，可能會發洪水……但妳不要害怕。妳是應龍的妻子，水不會傷害妳。妳跟孩子……」他的心像是被剜出來，幾乎不能呼吸。「活下去，靜彤。不管發生什麼事情，一定要活下去。就算為了我，拜託妳……」

「龍環？」她的心猛然縮緊，恐懼的寒冷緊緊的環繞她，「別嚇我。」

「如果有好的人，趕緊忘記我，妳後半輩子還很長……」

「我不要聽這個！閉嘴！」靜彤尖叫，「住口！給我住口！龍環我們可以出去了，你答應跟我去看電影，吃爆米花和可樂，現在我們又有孩子了！睜開眼睛啊！你怎麼可以拋下我？我不要一個人我不要我不要！」

龍環的淚滲入靜彤的衣服裡，溫度漸漸冰冷。「我曾經，希望趕緊死，覺得活著不過是浪費時間、浪費生命。但現在……我不想死，我好想活下去……」

和靜彤去看電影，抱他們的孩子去看海，看那藍藍的天空和光。

我不想死，我不想丟下靜彤。

但極寒的疲倦拖著他，拖著他。朝下看，無數怨恨的絳色嫁裳，許多新娘，抱著他的腿，將他拖入沒有底的深淵。

靜彤抱著沒有呼吸的龍環，面無表情的淚眼模糊。這是惡夢，快醒過來，快醒過來。

這不會是真的。

這個時候，原本逆流的地下伏流，改變了方向，順流而出，並且發出萬馬奔騰的焦躁聲。靜彤漠然的回望，連動也不想動。

水來了。

第五章 蕩漾

一個年輕人，搔著頭，在應龍祠外走來走去。

在這個封閉的村莊，外人是種令人討厭的存在，來往的村民不免對他投下疑惑或厭惡的眼光，他很無奈，但也只能視而不見。

外觀上來說，他是個二十來歲的年輕人，眼睛清亮，擁有一種如水的親和力。他並不亮眼，卻有著非常強大的存在感。如果仔細觀察他，又會覺得眼神中的清亮，似乎書寫了過多的歲月。

他叫做宋明峰，是當世禁咒師的弟子。因為某種緣故，他受託來尋找應龍族的少主，最後尋到這個村落，卻沒有任何線索。

我不是偵探的料子。他有些氣悶。偵探小說的主角多麼厲害，光用聞的就可以聞出有力的線索，他使盡力氣卻只讓村民不客氣的拿出掃把。

當偵探也是需要才能的。他嘆了口氣。

他甚至不確定少主在這個地方，只是靠了一個祠名和村名。這真的太蠢了，他想。但這地方不太對勁。

他細細觀察過整個村落的水源（也因此被放狗好幾次），真是詭異的源頭。貫穿村落的河川注入應龍祠內的圍牆，然後就沒有了。他去找過據說的源頭，卻是一汪不竭的湧泉，在村落的另一頭，被看管的死緊。

當然，這個非常短的河川，開闢了不少水渠以供灌溉，但真正的循環卻像個咬尾蛇，他推測地下有伏流，而且真正的源頭正在應龍祠內。但這片乾枯大地，伏流應該在非常深的地方，人力絕對無法觸摸，即使是科學昌明的現代。

這已經不是科學的境界了。就是因為這點疑惑，他才滯留不去。

但他連應龍祠的圍牆都進不了，他又不太想跟凡人起衝突。尤其是對咒術一知半解的人類，特別麻煩。

他又嘆了口氣，注視著川流不息的河川。說不定水遁可以偷偷溜進去，但這是非法侵入……

正在傷腦筋的時候，他的左眼似乎看到什麼。

他的左眼來自一個魔界琴姬的饋贈，是稀有的淨眼。他遮住右眼，試圖看得更清楚……

他看到應龍族的少主，但少主似乎沒有呼吸了。他心跳加快，喉頭乾渴。他一生無數奇遇，甚至遇到應龍族長的精魄，無意間吞下如意寶珠，因此可以分辨龍族。

他答應過死去的應龍族長，為他看顧眷族，現在終於尋到他的孩子，但他的孩子像是死了。

不妙，太不妙了。

他瞥見少主身邊有個流淚的人類女孩，肚皮微微隆起。

老天哪，可能死掉的少主和一個少年孕婦。他還管什麼非法入侵？他自責的想要痛打自己一頓。

他往前奔，河川發出窒息般的咕嚕聲，停滯了片刻，然後突然改變方向，從應龍祠中洶湧而出，發出不祥的鳴叫。

怎麼回事？他思忖著，衝到圍牆邊，遠遠的就聽到慘叫。原本佈在應龍祠圍牆裡外的諸多防護和禁制突然空空如也。這只代表了一件事……

原本設下防護和禁制的祭主死了。

在他踏入應龍祠的瞬間，整個應龍祠像是挨了炸彈，轟然成碎片。

等他被水壓襲擊，才了解不是炸彈的威力，而是累積千年的禁制破壞，壓力驟改的伏流反噬。

不好！太不好了！

他捏起辟水訣，困難的在狂暴水流裡尋找他的目標。水流混濁凶殘，他幾乎頂不住。要快，要快！再不快真的要死人了！他們在哪？到底在哪啊！

最後他在水底找到他們，那少年孕婦還活著，居然還能抬頭虛無絕望的望他一眼。

他抓著少年孕婦，挽著氣絕的少主，鑽出水面，整個村落成了水鄉澤國，而他們隨著洪水載沉載浮。

明峰不禁苦笑，不知道他吃這如意寶珠有什麼用處。除了讓他長生不老當妖怪，連游泳技巧都沒有增進一分半點。

「……英俊！」他大聲喊著他的式神，「妳母姐會參加完了沒有？快來救命啊！」

幾秒鐘後，獰惡的姑獲鳥從天而降，搧著巨大的翅膀，眼神卻是無辜而純淨的，

「好了啦好了啦，只是那些媽媽們說要去喝茶，我走不開……」

人都要死了，還喝茶勒！

姑獲鳥伸出腳爪，抓住罹難者，明峰又嗆又咳爬上她的背。「……那妳怎麼脫身？」

「我說我有特別任務要出勤。」她回答的很自然，「任務內容，恕不奉告。」

明峰有些發悶。他不該讓英俊和師傅太親近的。

他們在離應龍村很遠的岸邊降落，英俊輕輕放下兩個可憐的人，然後落地化身成美少女。

這些年她的能力穩定很多，已經不再是蛇髮了。

靜彤這才從渾渾噩噩中稍微清醒過來，呆呆的望了望妖鳥變成的少女，和那個從急流中將他們拉出來的青年。

但這一切，對她都沒有意義。她爬到氣絕的龍環身邊，抱著他冰冷的身體。

往下看，自己的心好像沒有了。只有一個黑漆漆的大洞，什麼都沒有。

龍環死了。他死了。她的心靈整個痲痹，完全拒絕面對所有現實。只是緊緊抱住龍環，將臉貼在他水溼的頰上。

那個青年要碰龍環，她瑟縮的抱緊，露出怨毒的目光。「別碰他。」

「讓我看一下。」青年眼中有種悲憫的溫柔，「未必沒有希望。」

「……他死了。」靜彤的怨毒褪去，帶著令人鼻酸的茫然，「他死了。」

「讓我看看。」那青年將手覆在龍環的額頭，靜彤想阻止卻不知道為什麼縮了手。

青年摸了摸他的額頭，仔細觀察了氣息。「妳若不放手，他可能真的會死。雖然非常非常慢，但他還有氣息和心跳。這是一種叫做『龜息』的狀態……」

她試著集中精神，但她現在的狀態完全沒有辦法。「……你騙我吧？」

「讓我試試看？」他溫柔的問著，然後從行囊裡掏出一把溼淋淋的古琴。他搔了搔頭，討好的笑著，「那個……英俊，幫我把琴弄乾好不好？」

美少女嘟起嘴，「主人，人家不是吹風機。」

「拜託啦……」

美少女勉為其難的接過琴，呼出熾熱的風，將原本溼漉漉的琴烘乾。這段時間，青年接過看似氣絕的龍環，按摩他的四肢和心臟，又把手覆在他額上。

靜彤緊張的盯著他，不知道他想對龍環做什麼。

「好啦，小姐。抱著他吧。」青年把龍環放在她懷裡，「我來把他叫回來。」

他接過烘乾的琴，調了調紘。

琴聲乍起，讓垂首的靜彤猛然抬頭。只是一響，宛如深沉的龍吟。

＊　＊　＊

深淵，似乎沒有底。

他不斷下沉，被緋色嫁裳拖著，不斷的往下沉。會不會永遠這樣下沉，永遠不到底？

在下沉中，痛苦和歡喜都漸漸流失，似乎什麼都沒有了。他漸漸忘記許多不想忘記的事情，忘記他不想忘記的人。

他快要想不起來靜彤的臉了。

這就是死亡？剝奪所有的回憶？好或壞？

他繼續下沉。

連痛苦的權利都沒有，他想流淚，但連淚水都蒸發殆盡。什麼都沒有，只有不斷的墜落。

「喂，你要去哪？」在什麼都沒有的虛空，他聽到了一個溫暖的聲音。

「……深淵。」

「去哪兒幹嘛？」那聲音問，「你的太太和孩子在上面等你欸。」

「我走不了。她們抓著我。」低頭就可以看到那些怨恨和惡毒，穿著緋色嫁裳，枉死的新娘。

「那不存在啦。」聲音輕笑，「那不是你的罪孽。」

「不是？不是嗎？難道不是我造成她們的死亡和不幸？」

「不是啦，這年代怎麼搞的，被害者總覺得是自己的錯。這很不健康啊，傻孩子。該反省這些事情的，是將她們推入火坑的人，不是你啊。善良很好，但這樣無差別攻擊的善良，會害你親愛的人哭啊。」

龍環哭了。他淡藍的眼淚漂浮在虛空中，發著晶瑩的光。

「……你是誰？」這種感覺……又熟悉，又陌生。好像很久很久以前跟他非常熟悉親愛，但又像是從未謀面。

「這個啊，」聲音停頓了一下，有些困擾的。「聽聽我的琴聲，你就明白了。」

燦爛光亮的龍吟劃破無盡的虛空深淵，喚醒他極為遙遠的記憶。那是他還在卵中，尚來不及經歷父母思抱，聽到的響亮龍吟。

「……父親。」他輕輕的說，「父親，我娶了妻，還有你的孫子。我延續了應龍的血脈……」他慟哭，「我愛她就像你深愛著已逝的母親。」

緋色嫁裳的新娘們，也因為這宛轉奔騰的龍吟，褪去怨恨和愁苦，安然的消逝。

父親。寂然不動的龍環嗆咳一聲，流出眼淚，睜開眼睛。映入他眼中的是靜彤臉上潸然的淚，她放聲大哭宛如嬰孩。

龍吟不絕。

他轉頭看著鼓琴的青年，眼底有著困惑和了然。

將他從死亡深淵拖出來的，就是這青年吧？但他明明是個人類，為什麼身有逝去已久的父親遺物。

那是可以號令天下鱗蟲的如意寶珠。

「你是……」他的眼中充滿迷惘。

青年停了琴聲，亂搔著手，「我叫宋明峰。你可別叫我爸爸，我沒那麼老。」明峰不太好意思的搔了搔頭，「但你爸爸的確要我照看你們。」

甦醒的龍環張大眼睛，緩緩的湧出笑意。他看到光了。顫顫的伸出手，午後的陽光在他指尖跳躍。但更重要的是，靜彤在他身邊。

這才是他生命最重要的光，絕對不能失去。靜彤的淚開始混著他的淚，緊緊的擁泣。

這是大劫餘生後，喜悅的眼淚。

透過紅十字會的關係，明峰緊急將這家人安置到特殊醫院。

靜彤受到不少驚嚇和皮肉傷，不過沒有大礙。她飲用玉膏維生有段時間，又身懷應龍種，體質不同凡人，分外健康，當然沒問題。

龍環就嚴重點。他實在被關太久了，健康幾乎都損毀，自毀內丹又使盡全力，真的是一腳踏入棺材裡了。但明峰用如意寶珠的力量幫他護住殘破的神能，又用琴聲撫慰創痕，雖然道行毀於一旦，好好修養，還是可以修煉回來，只是時日久遠罷了。

最糟糕的反而是未足年出生抵抗的小應龍。饒是回母體孕育，還是幾乎保不住。靜彤焦慮的臥床靜養，小應龍還是幾乎沒了生命跡象，幾次都差點流產。即使紅十字會神通廣大，醫學法術雙管齊下，似乎無力回天。

後來明峰一氣之下，用鱗蟲之長的身分，血書了一角文書，命令安胎不准流產，一傢伙貼在靜彤的肚皮上，還不准人撕掉。

奇怪的是，小應龍居然真的安住了，後來懷孕了整整三年才出生。別說龍環夫妻傻眼，連明峰自己都傻眼了。

此是後話。

當靜彤和龍環身體癒可，胎兒也確定安穩，明峰親自護送這家人經香港回列姑射，婉拒紅十字會願意護送的好意。

他完全知道紅十字會是好意。但是，當初老應龍苦苦哀託，既然答應了，就沒有假手他人的餘地。他不但親自安頓他們，還出錢出力，打理住處，安排生活。等他們都安居了，這才放心離開。

還住在一起的時候，龍環對他非常恭敬，靜彤也溫順如事長親，讓明峰全身都不對勁。

「……別這樣。」明峰跳起來，「你們只差沒開口喊爸爸！」

「如果你願意……」龍環非常誠懇。

「我不願意！」他奪門飛逃。

但明峰一直關懷著這家人，特別疼愛那隻小應龍，從災變前到災變後。這家人逃過了天災人禍，但因為表裡世界界限的破裂，終究還是搬去春之泉，和諸多靈獸一起生活。

但那名喚龍琬的小應龍，卻跟隨他一段時間，學習如何修補地維。

「老跟在我身邊，你爸媽會擔心。」明峰很高興有個活潑孩子跟著，也喜他天性聰穎。這孩子可能是下任的禁咒師，可能。

麒麟一定會愛死他，跟麒麟真是像得要命！尤其是那種靠唬爛就可以驅妖除魔、剷除無蟲的天賦，簡直是麒麟的嫡傳弟子。

尤其是那該死的心苗。

「哎唷，他們巴不得把我掃地出門。」他老氣橫秋的搖頭，「嘖嘖，都幾歲人了，一大早起床也不先刷牙，走到哪親到哪，真是超噁心的。連孩子都生了，還不知道什麼是舌吻，幼稚死了。」

他俊美的臉孔湧出粲然的笑，「還是來跟爺爺比較有趣。」

「……住口！誰是你爺爺?!我有那麼老嗎?!」明峰跳起來。

「但爸媽提到你都說是『明峰爸爸』。那當然是我爺爺囉。」

「閉嘴！不准這樣叫！」讓條活了好幾千年的龍喊他爸爸！他的立場在哪裡？

「好嘛……那，明峰爺爺？」他偏了偏頭，那種邪氣的笑真像麒麟啊啊啊～

「……我到底救你們一家幹嘛啊～」明峰抱著頭大叫。

＊　　＊　　＊

靜彤低頭看著一封信。這是她那瀟灑的孩子用紙鶴寄來的。他說他的修業告一段落，暫別祖父，想自己遊歷一段日子，順便協助紅十字會的作業，打打工。

明峰爸爸會氣死，他一直不准龍琬喊他爺爺的。

她依舊保持著少女的模樣。飲食玉膏和生育應龍，徹底改變同時喚醒了她稀薄的龍族血緣。她比一般人類長壽許多，也一直保持著年輕的模樣。

一開始，的確惶恐過。但龍環沒有丟下她，她也不能丟下龍環。

災變前居住在繁華的列姑射，她也曾經憂心煩惱過，龍環接觸了五光十色的人世，會不會因此染上繁複，並且發現更醉人、更原型的情人。

但她錯估了身為聖獸的他，含蓄而雋永的深情。

他們一直過著安靜的日子，從災變前到災變後。災變時，龍琬還小，他們實在不忍心拋撇他而去，所以沒去填地維。

但明峰看到他們時又哭又笑，不禁暗暗感到這樣的決定是對的。

現在，他們遷居到春之泉。眼前的春之泉不只住著獨角獸，許多無法藏匿蹤跡的聖獸妖族也申請居留了，獨角獸倒是一反孤傲的常態，大方的接受了這些異族。

儼然成為一個小小的國家。在龍環和諸族長的奔走下，他們取得自治區的權利，除了法術的保護，也正式成為人世的一份子。

「在想什麼？」龍環在她頰上親了一下，輕輕的擁著她。

「在想我們的運氣很好。」靜彤將信遞給他，「兒子寫信來。」

他一字一句的閱讀，時而發笑。靜彤滿足的望著他。

龍環老是說，「妳是我的光，照亮我的生命。」

事實上，龍環是她存在的意義。讓她能夠忍受非人的壽命和命運。不管是幽微的黑暗伏流，還是光亮的春之泉。

那雙琥珀色的眼睛回眸，就成了她的一生一世。

她是個幸運的人，被龍王眷愛著。輕輕的，她靠著龍環，滿足的閉上眼睛。

（應龍祠　完）

夜書校完，輕輕的呼出一口氣，靜靜的喝了口茶。就因為這部的緣故，才引得明峰前來找他。

那隻小小的應龍，也曾經過他的窗下。只是沒有出聲喚住龍琬。

他不願意干涉任何人的人生，即使窺看過。

翻出另一份原稿，他笑了。

這是另一隻聖獸，和人類奇妙的緣分。名喚子麟記。

殘篇之二 子麟記

濛濛春雨。她張開美麗的眸子，凝視著檐下的點點滴滴。竹林哀淒的低吟，晨寒陡峭，讓她很不想起床。

但今天，可是要探他呢。

挽了挽青絲，她自己溫湯洗臉。雖然說，她乃是一族族長，麒麟之首。但她從來不許自己驕奢慣縱，擺出一副驕傲臉孔。

不過就是個虛名兒，又比誰多個眼睛多幾隻胳臂？難道是扛過天、縫過地、翻江倒海做了什麼大事業來？既然都沒有，憑什麼別人要這麼服侍著自格兒，難不成自己沒手腳麼？

因為她這麼著，所以族裡的貴女也不敢拿喬。在動不動侍女三千的天界，麒麟一族意外的樸素低調，也因此避開很多禍事。

但一開始，子麟是沒想那麼多的。她只是閒不住，沒辦法使喚人罷了。

梳妝完畢，她攬鏡自照。雖說不是多麼出色的人品，也將就看得過去了。當然下了凡人類會驚為天人——這不是廢話，她就是個天人，還是隻麒麟呢。

撐起傘，細雨如春泣，淚眼闌珊，順著桐花傘蜿蜒而下。

兩手空空，什麼也沒帶。帶什麼也都讓他摔出來，何必糟蹋東西？真要送什麼，逼他長官收下就是了，何苦讓他不開心，自己也不高興？

這麼多年，都記不住幾千年了，他還是生我的氣。子麟暗暗嘆息。唉，男人。

但她也解釋不出來，為什麼總還是願意去探他，明明探完總是要各自發悶很久。

春雨轉薄，有氣無力的嗚咽。她順著青玉板路，慢慢的前行，試著撫平飄帶上的摺痕，卻撫不平內心微妙的矛盾。

她在雲府停了下來。雲府不是大單位，和風府同樣附屬在雷部之下。單位雖小，職務卻重。因為雲府還協助彌補接壤裂痕，標準的事多錢少離家遠，黑到底的人才會被扔進這個黑單位。

生前崢嶸不知屈伸，死後天帝憐他武勇，擢升他升天為仙，結果還是不識時務，被扔到這個黑單位，不得超生。常覺得他操勞過度，但也不敢幫他一把。

不過是要他們主官多擔待些，這男人居然抓著她的胳臂，摔出雲府。

這樣魯直的呆子。

兩旁的門尉看到她，露出好笑的神情，但又不敢笑。只能彎腰問好。

「要笑就笑吧，忍什麼？我自格兒都覺得好笑。」她薄帶嬌嗔，「又不是第一天，你們還笑不膩。」

門尉笑著請她進門。「甄主官剛回來，正歇著呢。他眼下不在房裡，讓雲司叫去問話了。」

她謝過，半雲半霧的走著，還不到雲司殿，就看到甄進在竹林裡，削著一根竹子。

又是笛罷？他還真是做不煩。就是當年她無意間說，愛聽笛子。那時家徒四壁，哪有錢買這個？給他的金子從來也沒動過。這個秀才家卻準備當武狀元的呆子，自己跑去削了幾百根竹子，無師自通的學會了，然後吹給她聽。

好久好久以前的往事了，卻像是剛剛才發生的。

現在他削這個做什麼呢？

但她也沒動，撐著傘，看著坐在涼亭裡的甄進，專心一意的削著竹子。

甄進回頭，想喝口水，瞥見撐著傘的子麟，呆了呆。兩眸交會，是那麼複雜。他喝了水，繼續削竹子，看也不看她一眼。

唉，男人。

她慢吞吞的撐著傘過去。「老公，好久不見了。」

「族長說什麼，下官不懂。」他目不斜視的削著竹子。

最好聽不懂啦。子麟有些發悶，挨著他坐下。這個自稱下官的傢伙既不閃也不避，就是削竹子。

我看你削那個爛竹子要削到什麼時候。子麟悶悶的想。

細雨如絮，綿綿的下著。

越來越悶。子麟原是閒不住的人，這樣冷戰似的沉默，她老是投降的那一個。

「……老公，夠了沒有？你嘔了我幾千年了，還不解氣麼？」她半飄半飛的坐在空中，滿臉愁容。

「下官只娶過一次妻，拙荊還是個妖怪。不但是妖怪，還是醬醋不分的糊塗妖怪娘子。」甄進冷冷的望她一眼，「下官哪高攀得起聖獸的門第。」

子麟的臉孔紅了起來，由羞轉怒。「嫁給你的時候，就告訴你我不善家務了，不過燒壞條紅燒魚，你就記得那麼久！」

「哼。」甄進目不斜視的削竹子。「平生也只吃過那麼條酸斷腸子的紅燒魚。」

「誰讓醬醋顏色那麼像？」子麟豎起柳眉，「給你銀子去雇人，你偏動也不動！若是雇個廚娘……」

「那是庫銀！上面還有官印！想害我吃牢飯也不是這麼著的，要妳還回去，妳居然說妳懶！讓我擔驚受怕的埋在後院，我為官二十年，沒因這贓銀丟腦袋真是老天爺保佑，妳這個迷糊蟲、惹禍精……」

「現在又不是『下官』啦？」子麟扁了扁嘴。

甄進瞪了她一會兒，順了順氣，繼續削竹子。「下官僭越了。」他削了一會兒，「卑職說的是我那糊塗又迷糊，惹禍比吃飯還容易的妖怪娘子，不是族長您。」

妖你媽啦！

子麟恨恨的瞪他兩眼，將臉別到一邊。

沉默了一會兒，甄進自言自語。「說是春天，還是說變就變，下起雨來就冷得緊。我那妖怪娘子愛美得要死，早早的著春裳，再冷也不肯換。念她兩句，就眼淚汪汪，嘴上可以吊油瓶……」

「我才沒有哭好不好?!」子麟瞋了，「誰吊油瓶來著？我又不冷！」

「不冷做啥發高燒、打擺子呢？」

子麟一時語塞，「我、我剛到人間，水土不服麼！」

「妖怪跟人水土不服個啥子？」甄進瞪起眼睛，「還下著雨雪呢！就急著穿薄得透肉的春衫？」

「……什麼妖怪？沒禮貌！我是麒麟，麒麟！」子麟忿忿的抬頭，「跟你說過幾百遍了。」

「我娘子是山野妖怪！」甄進大聲，「她沒族長這麼尊貴、沒族長這麼有氣質，她整天就只知道傻玩傻睡，四處惹禍！笑起來嘴裡塞得拳頭，哭起來聲嘶力竭，真沒見過哭得那麼醜的女人！娶過她我就嚇死了，再也不敢娶其他女人了！」

「……我就這麼嚇著你，你就這麼討厭我？」子麟帶著哭聲。

甄進安靜下來，悶頭打磨著成形的竹笛。「……娶過她，誰還能習慣別的女人？」

子麟很想忍住淚，卻還是一滴滴的落下來，如春雨般。

「……就說哭起來很醜了。」甄進低聲，「我跟她性子都急，老鬧得我吼她哭。可她哭得這麼醜，我卻……」他住了口，表情越來越哀戚。

每次她哭，都會懊悔。做什麼這樣激她呢？不過是零零碎碎的小事，幹嘛老惹她哭，然後心裡疼得不得了。

甄進將笛子湊近嘴邊，開始吹笛。這曲非常古老，古老到接近失傳，曲名叫做〈麒麟嬉春〉。

每次聽了這曲，他那愛惹禍的迷糊娘子，總會破涕而笑，輕輕打他的膀子。

就像現在這樣。

子麟淚珠未乾，笑了出來，輕輕的打他的手臂。飄在半空中屈膝而坐，雙手疊在下巴，偏頭聽他吹笛。

這時候，一直讓他很介意的事情，就不是那麼介意了。

雨漸深，春寒越發迫人。一曲終了，甄進看著子麟一身單薄，悶了起來。

「……下官也該去忙了，族長請回吧。」回去多穿幾件衣服，千百年來，愛美不怕死的性子都不改，到底是怎樣？

子麟沒好氣的回嘴，「你要忙什麼？今天你排休。」

甄進一時語塞。「……族長大人也該有自己的事情忙吧？」

「今日我排休。」子麟乾脆的回答。

「哼。」甄進冷笑一聲，自言自語，「妳也捨得排休是吧？妳不心底唯有你們麒麟族方是大事，一切都可以放諸腦後？妳也捨得放下一時半刻？」

「我就知道。」子麟冷哼，「你惱我這幾千年，橫豎就是吃我看族裡比看你重的醋罷了。」

「鬼扯什麼？」甄進耳上一抹惱紅，「我甄進乃頂天立地的大丈夫，兄弟如手足，妻妾如衣服。我會為了衣服惱怒？笑話啊笑話。」

「誰穿我衣服，我砍他手足，是不是啊？」子麟一瞪眼，「慢說『穿衣服』，別人跟我近些說話你都惱怒。奎宿半開玩笑的跟我求婚，你把人家奎宿怎麼了？打得跟個爛豬頭一樣！你會被踢到雲府這個黑單位，還不就為了這個『私加械鬥』？若不是雷部老大盡力罩著……」

「他才不是開玩笑！」甄進跳起來，「那傢伙腦袋裡頭只有精蟲，哪還有長腦漿的空間？笨就算了，還傻氣都由著他拉妳的手！妳也不怕手指頭爛掉！」

「他只有拽了拽我的袖子！我還搧了他一耳光，你沒看到?!」

「打得那麼輕有屁用？他只當妳在跟他打情罵俏！」

「打得五指留痕還嫌輕？難不成我還得打掉他的腦袋？」

「能夠這樣當然是最好的……」

他們越吵越凶，開始翻陳年舊帳，甄進聲音越來越大，子麟越來越帶哭聲，到最後還是一個吼，一個哭。

子麟一行氣湊，一行啜泣。「真那麼氣我，不會一紙休書休了我？吵了幾千年，休了我不就完了？看你要怎麼溫順的娘子會沒有？滿天天女……」

「閉嘴！」甄進吼得她耳朵生疼。「我誰？我甄進會休糟糠之妻？就說我不習慣別的女人了，我怎麼可以休了那個糊塗只會惹禍的妖怪娘子？妳叫她以後怎麼辦？」

子麟抽抽搭搭的，「……跟、跟你說過多少回，我、我是慈獸。」一面哭得眼睛發紅。

甄進看著她哭，洩了氣。別開眼睛，推了條手絹給她，她擦眼淚不夠，還擤鼻涕。我是慈獸。

當年他們成親，他心下不安，問她到底是什麼。她就偏頭看著他，說，「我是慈獸。」

那時，他還沒二十。據說他母親是個妖怪，他那當了一輩子秀才的父親從來不肯證實，卻非常怕他、厭惡他。他的繼母不是惡毒的婦女，也仗著繼母的寬大，他還算是有吃有住，只是住不進主屋，老住柴房而已。

鎮上教拳腳的師傅喜歡他，常誇他有天賦。讀書識字和武功，幾乎都是師傅教他的。他努力讀兵書，希望將來考個武舉，想的倒不是光耀甄家的門楣，而是讓人誇獎師傅慧眼獨具。

早早的，甄父就分了家。他領了一畝薄田和頭老牛，就在田邊蓋了棟簡陋的茅屋。

早點獨立也好，老看父親的臉色和繼母的接濟也不是辦法。

師傅說，他該娶房媳婦了，他也不是沒想過。但他窮成這樣，又有個妖怪母親，沒有閨女肯嫁他，就算師傅說媒，也只是碰了一鼻子灰。

他聳聳肩，反而安慰師傅，「匈奴未滅，何以家為。」

「你怎這麼說呢？」師傅不甘心，「這些閨女的眼睛是被什麼糊到？看不出你一表人才相貌堂堂，絕非池中之魚？隔壁那個癩痢頭阿三還拖著兩管鼻涕，十六歲就當阿爹了！你都要二十了……」

「……師傅，」他含糊的敷衍，「緣分未到。」

他不是不想成家。看別人一家和樂融融，他也想。更何況，他從來沒有自己的家過。但這種事情又急不來。

不知道他妖怪母親長什麼樣子？聽說她半雲半霧，流著眼淚把孩子送來，然後就消失無蹤。他們這邊喊她妖怪，數十里外的白河鎮可是尊她水母娘娘，香火鼎盛。

但不管是妖是神，就是沒有閨女敢嫁他。看起來，他也只能娶個妖怪。

這個念頭讓他自己笑了。他還真的相信這個荒誕不稽的傳說？大約父親跟個名譽不好的女人來往，生了孩子不好賴帳，只好編段鬼話。他還真的信？別鬧了。說他是妖怪的兒子，他怎會這麼平常，就是有幾斤力氣而已。別說呼風喚雨，連收驚扶乩都一竅不通。這是哪門子的妖怪……

但某天，他的田裡出現了一個美麗到讓他瞪大眼睛的姑娘。更讓他驚嚇的是，這姑娘走路不著地，離地寸許的飄。

那天也是春雨綿綿，約清明前後。她拿著桐花傘，嬌懶的看著他，「你是甄進對不對？」

甄進愕然的點點頭。

「你好。」她露出一個懶洋洋的笑，「我叫子麟，來當你老婆的。」

「……啊？」他瞪大眼睛，看了看不沾泥的子麟。

「糟糕，我習慣了。」她掙扎幾下，終於踏到地面。「這樣應該可以吧？」

「這樣當然……不對！」甄進驚醒，「妳說什麼？妳要當我老婆?!」

「是啊。」她偏著頭，點了點下巴，「你不是討不到老婆嗎？不過我要先說，我不會做家事唷。」

「我的確……但妳是誰？我不認識妳啊?!」甄進整個頭昏腦脹。

「我不是說過，我叫子麟呀。」她眨了眨水靈靈的眼睛，「現在不就認識了？」

……這程序怪怪的吧？「……為什麼？」

「因為我想當大聖爺的兒媳婦啊。」她回答的很自然。

「……我爹不是大聖爺。誰是大聖爺？姑娘，妳是不是認錯人……」

「對喔，大聖爺現在還在五指山壓著，你們都不知道他吧……但世尊說，他將來會很了不起，這門親事是有好處的。」

「……世尊又是誰啊？」他頭暈的更厲害了。

子麟用一種覺得他很笨的眼神看著他，考慮了一會兒，「不重要。反正你是大聖爺……呃，」她看了看手底的小紙條，「水母娘娘的孩子，所以我來嫁你。」

……我娘？是我那妖怪母親可憐我沒媳婦兒，所以送一個給我？

「我娘要妳來嫁我？」他愣了好久才說話，「但妳想嫁我嗎？」

「當然。」她笑了起來，像是整個田野都開滿繁花般燦爛美麗，「不然我來作什麼？要打昏南天門的守將可是大工程。」

或許是因為，這是未曾謀面的母親給予的關懷，也可能是，她的笑實在太美麗。更可能是他乍見她的那一眼就心跳不已，一種酸甜的情感猛然衝上心頭。

還沒來得及思考，他就聽到自己說。「……好。我們成親吧。」

等他清醒過來，已經請師傅來主婚，拜完堂了。

……我娶了個妖怪。他簡直不敢相信自己會幹這樣事情。但她自己拿下蓋頭，怡然自得的望著大紅燭玩著手影。

最少也得知道她是什麼妖怪吧？

「妳……妳到底是什麼妖怪？」他小心翼翼的問。

「我是慈獸。」她笑靨如花。

慈獸？聖獸麒麟？他無可奈何的笑起來。開玩笑，慈獸特別下凡來嫁我？我又不是董永，還有天女來嫁哩。沒想到妖怪也這麼可愛，特別牽拖個好身世自抬身價。

「是驢子或馬的精怪有什麼關係？既然成親了，我就不會嫌棄妳。」甄進凝重的說，「別是騾子就行了，幹嘛說是慈獸？」

「誰是妖怪啦？」她扁嘴，「就跟你說我是麒麟！」

「好好好，」甄進敷衍著，「我不會嫌妳是妖怪的。馬妖是吧？」

「誰是馬妖來著？」她跳起來，「麒麟！我是麒麟！」

「就是了嘛，幹嘛否認？我會很重視妳的，我們成親了嘛。」

「……你怎麼聽不懂人話啦～」她嬌嗔的聲音非常令人心醉。

他一直很愛他的妖怪娘子。雖然她家務一竅不通，雖然她總是嬌懶得很，雖然她老愛闖禍。特別愛整為富不仁的富人和地痞流氓，甚至整到貪官汙吏去。

但他一直，非常非常愛她。就算她連醬醋都不會分，燒了條酸斷腸子的紅燒魚，然後哭得像是世界末日，他還是乖乖的吃下去。

他愛她的坦率和誠實，她的正義感和小小的使壞。家徒四壁，她笑嘻嘻的採山菜，努力洗著老洗破的衣服；他當了官，有了錢，她還是笑嘻嘻的爬到樹上採桑葚，剪著可愛的窗紙。

富貴和貧窮都相同，他那豁達的妖怪娘子。

所以他才介意，特別介意。

春寒更深。連他都有點冷侵侵起來。在風地裡哭，明天她一定會鬧頭疼。

「……別哭了行不行？外面人家傳，麒麟族長多英明果斷，不讓鬚眉，流血不流淚。他們是不是看到妳的影分身啊？這不實的謠言到底是誰傳的？……」

「我在外頭硬挺，打落牙齒和血吞，在自己老公面前哭不得？要你管要你管要你管？」她哇的一聲，乾脆嚎啕起來。

明天她未必頭疼，現在他的頭就開始疼了。

「……好了沒啊？妳都有了好幾百代的子孫，都是玄不知道哪去的玄祖母了，還有個在當禁咒師的玄孫女了，別跟個小孩子一樣成不成？」

提到麒麟，她心情好多了。想把眼淚擦乾，發現手上這條已經一塌糊塗，甄進又遞了條給她。

殺千刀的，嘴那麼硬，卻準備的這麼周全。

「妳不是奉旨去看她？」甄進裝得不在意，「她怎麼樣？她惹出什麼天大地大的禍，驚動到要妳去看她？」

「沒什麼啊，」子麟玩著手絹，「就收了個弟子。」

收弟子？收到天帝下旨？「她收了誰啊？收了魔界那邊的小鬼？」子麟輕咬著粉嫩的唇，露出帶點邪氣的美麗笑容。美麗是很美麗，但甄進有點發冷。每次她這麼笑，一定有人遭殃。

「喂喂……」

「沒啊，她只是收了這代的彌賽亞當弟子。」

甄進的下巴差點掉到地上。

他是少數閱讀過未來之書的天人。雖然只是極少的部分，但他也知道彌賽亞是啥。

「……繼世者？」他輕聲的，不敢置信的問，「我聽說天帝有意禪讓……」

「對呀。」她甜甜的笑，「所以天帝才叫我去嘛。」

「她答應了吧？」甄進的頭髮幾乎都豎起來了。

「沒有欸。」子麟點了點臉頰，「我的玄孫女嘛，怎麼會是賣弟子求榮的人？」

……太好了。沾上這檔子事，王母哪會善罷甘休。更不要說關係到皇位的種種政治風暴，為什麼都傳了幾百代了，這個麒麟還遺傳了百分之百禍頭子的天分?!

「妳幹嘛不逼她……」

「兒孫自有兒孫福嘛，」子麟爭辯著，「我不想逼她哪。」

「妳既然知道兒孫自有兒孫福，為什麼還偷蟠桃酒給她喝？」甄進大聲起來。

「呃……」子麟語塞，神情不太自然的低下頭。

「偷蟠桃酒!!」甄進又上了火，「妳知不知道這是砍頭的罪啊？若不是天帝人太好，幫妳扛罪起來，說是他喝醉要妳賜酒的，妳早就成了沒頭的慈獸了！我知道她跟小珊兒很像，妳難免有移情作用……」

子麟臉孔褪得雪白，她抓著傘，「我該走了。」

「妳給我站住！」甄進厲聲，「坐下！」

子麟呼吸粗重了一會兒，乖乖的挨著石凳坐下。

「妳見不得另一個小珊兒再死一次對不對？人類就是會死的，妳要看得開啊！別惹這種無謂的禍……」

「……為什麼小珊兒就要死呢？她是我、是我頭生女兒欸。」

「又怎麼樣？她壽算就是這麼長而已。」甄進凝視著她，眼神非常悲痛，「……她的死嚇到妳對不對？」

「別說了。」子麟臉孔蒼白，眼淚反而流不出來。

她才十五歲。她才剛開始談親事。枉子麟身為麒麟族長，卻救不了她。因為她的生命就這麼長而已，註定無疾而終。子麟強行到冥府搶人，但小珊早輪迴轉世。

子麟私下凡間是諸神幫著眾手遮天瞞過去的，若到冥府搶人還魂，這可就瞞不過。十府閻羅和子麟交好，怕她糊塗，這才趕緊將甄珊火速送入輪迴。

但誰想過一個母親的心情？

「她的死嚇到妳，所以妳說什麼要回族理事，甚至『賢慧』的幫我找個漂亮能幹的續弦，對不對？」

「……你幹嘛不娶她呢？她很好。」

「妳是白痴？我只要我的妖怪娘子！哪怕她是個沒用的膽小鬼，不敢替我送終，怕我死在她眼前！」

你怎麼會知道聖獸人妻的心情？

「我是怕啊，我非常非常怕！你怎麼不想想我的心情？」子麟大叫。

「……妳一生都像小孩子，幾千年了都長不大！妳習慣的人事物就不想放棄、害怕別離！妳做什麼怕？反正妳是為了族人才嫁給我，我死了妳不就自由了？妳怎麼不往好的地方想，就這樣把我一扔了事？妳知不知道妳走了以後我過的是怎樣狗一樣的日子?!」

子麟怔怔的望著他，一股傷心和憤怒湧了上來。這混帳老公，殺千刀的。

「……我終於知道你惱我什麼了。」她嬌嬌的聲音都變了，「對，我知道夫人討厭天人，我又投靠了天人，將來真有那一天，她不會對麒麟族發慈悲的。她只憐憫人類，所以我才去結人類這門親事。但我看來看去都不喜歡，世尊跟我提起了大聖爺的孩子，他提議我去看看……」

那個臉孔像是刀刻般嚴肅的青年，有雙無畏的眼睛。她喜歡這樣的眼睛。跟他同床共枕、生兒育女，然後愛上他。害怕面對他的死，怕到得逃走。天帝憐憫她的痛楚，破格讓這個修不成仙的呆子升天。

但這呆子，一點都不懂她的心。

「一開始的確是為了麒麟一族，我是族長欸。」她哭，「一開始的確是。」

她將桐花傘一丟，握著臉，哭著走入越來越密的春雨，臉上闌珊蜿蜒，分不出是雨是淚。

一開始？甄進呆呆的坐在涼亭裡，思潮洶湧。他像是石塑木雕的坐著，直到他的假期結束。

* * *

甄進臉孔有些不自在的站在麒麟府，腋下夾著一把桐花傘，手裡拿著笛子。

這次，他低聲下氣的請雲司幫他查子麟的假，好跟她排假排在同一天。雲司控著臉答應了。他前腳才出雲司府，後面就傳出如雷的爆笑。

他將臉埋在掌心，一陣陣發燙。

現在，守門的麒麟族人也控著臉。似乎不這樣沒辦法忍住相同的爆笑。「但族長要我們謝絕甄主官的探訪。」

甄進開始發悶了。「……請幫我通報一聲，我會一直等下去。」

守門的麒麟族人努力控制的表情開始有崩潰之虞。「咳，我們午膳時間到了。我想甄主官是君子，不至於自己進入吧？」他們飛逃而去，一路上傳來陣陣的爆笑。

他更悶了。

這些人到底是看了多久的好戲？一路上都有麒麟族人嚴肅的告訴他不可擅入，而且嚴重「警告」他不可往子麟的居處去，還把方位說得明明白白。

這也就罷了，還一面逃一面發出爆笑聲，讓他耳上的紅一直褪不去。

他到了子麟的居處。他眼眶瞬間泛酸。

這個歪七扭八的茅舍，就是族長的宮殿？這簡直就像是……就像是……

他們剛成親住的那個茅屋。

輕輕的，他走入了茅屋，子麟正坐在窗下，有一下沒一下的梳著頭。她轉頭找簪子，看到了甄進，梳子掉了下來。

「……你來幹嘛?!」她的粉臉緋紅，「我明明叫他們擋住你……」

「啊，我也是費番工夫的。」費番工夫忍受別人的爆笑。

「你到底來幹嘛？」子麟跳起來。

「來還傘。」他臉孔掠過一絲不自在，「……如果妳願意，我吹笛子給妳聽。」

「我不要聽！」她大叫，「殺千刀的！」

「笨妖怪。」

「就跟你說我是慈獸了！」她揮著拳頭，「混帳，甄進是混帳！」

他深深嘆口氣。「……是，我是混帳。」

愣了一下，子麟扁嘴，哭了起來。

真要命。都幾千年了，他還是對她的眼淚沒辦法。他將笛子湊在嘴邊，又輕嘆一聲。

這是一曲〈鳳求凰〉。

「誰又是凰了啦，人家是慈獸！」子麟輕打他的膀子，又哭又笑。

無可奈何又寵溺的望她一眼，甄進繼續吹奏下去。

悠揚的笛聲在無盡春雨中迴響著。居然交融得這樣和諧。

（子麟記　完）

在虛空閱讀到這段故事時，夜書自己也笑很久。聖獸深情，難得人類也同等回報。

這讓他這無緣於愛情與婚姻的狂作家，也感受到一點溫暖。

一生都讓寫作的暴君統治，除此之外一切無緣。

打開另一份原稿，他緘默了。這是他之所以是史家筆的緣故。

但問他會不會怨懟呢？

不，不會。他一點都不會怨懟。即使終生瘋狂、讓寫作的暴君殘暴統治，「閱讀」許多陌生人的人生……

他依舊感謝，那個給他生命的源頭。

最初的史家筆。

殘篇之三　龍史傳

在世界還很年輕的時候，初代才剛破百歲，列姑射島依舊光輝燦爛，創世者理性尚未棄世。

遙遙和列姑射島相對的，是太始之初——創世者的居處。海潮洶湧，常常捲帶一些奇模怪樣的屍體隨波逐流，肢體不全的散在沙灘上。

這是創世者的殘忍興趣。雖然是這樣偉大的存在，但在精神之母離去之後，他的行徑越來越乖僻荒誕，開始創作一些奇怪的複合生物，然後隨意毀滅、扔進海裡。

但初代卻只是沉默的收埋這些可憐生物，沒有說什麼。對於世界的父親能夠說什麼呢？只能替這些不幸的異形死者祈求冥福罷了。

身為列都管理者，她原本可以遣人來收埋。但她希望為他們作一些什麼，即使只是葬禮。

她將他們集中在一起，海浪輕吻著她繫起裙裾的雪白小腿。正要用炎火超度這些死者時，屍堆裡伸出一隻布滿鱗片的手，抓住她的小腿。

皺緊秀眉，她將那隻手的主人拖出來。那是一隻骨碎筋折的可憐生物，有著類似女人的上半身和巨蛇的下半身，但稀疏長著粗糙的肉刺，尖端鋒利的像刀子一樣。

綠色糾結的長髮，瞳孔只是一條線，並且向外突出，鼻子只是兩個洞而已。裂到耳邊的嘴裡長滿鯊魚似的牙。

非常醜陋可怕，但她發出來的是嬌弱的女聲。「……我、我……在……哪？」

初代微微一凜。這用蛇、龍、鯊魚和若干海底生物組合起來，可怖又可憐的生物，內在的中心居然是個人魂。

真為她好，該殺了她才對。

但她也是人類，而且還是個女人。「……妳安全了。」

初代抱起那個可憐的生物，往列都走去。

＊　＊　＊

看著初代帶回來的「實驗品」，悲傷夫人很為難。

這是父親不要的廢棄物，她不敢違逆父親救活她，因為父親不知道做她來幹嘛用的。

「……夫人，這個軀殼是湊出來的，但內在是個人魂。」初代低低的說。

這讓夫人動容了。人類原是她和精神之母創造出來的，是她的孩子。父親為何要這樣無謂的殘忍？好在這孩子什麼都不記得，跟張空白的紙一樣。

「妳是什麼呢？孩子？」她不抱奢望的看著這隻可憐又可怖的生物。

「我是一個女人啊……」她茫然而困惑，並且在看到鏡子時發狂的尖叫。

可憐的孩子啊……

她害怕的抓著夫人的裙裾，扭曲隆起、尖爪似的手指，嘶啞又恐懼的痛泣。夫人不忍的輕撫她糾結綠髮。「……照顧她，初代。」

初代領了她而去，之後夫人給了她精心調製的祕藥。

在初代的細心照料下，這隻可憐的生物漸漸痊癒，強壯起來。初代問她的名字，她毫無猶豫的說，「龍史。」

但除了姓名，她什麼都忘記了，或說，她的記憶是一片空白，連站立行走都重頭學起。

但她學得很快。就像是她記憶都在，只是蒙上一層面紗，需要觸碰才能取回。她極度畏光，甚至無須視力就可以「觀看」，但在陽光下不到一刻鐘，她就會哀叫著矇住眼睛，手臂冒出嚴重的水泡，需要許多天才能癒合。

而且她非常害怕照鏡子，每照一次就會痛哭失聲，完全保留人類女人的天性。可憐的孩子。肉體是由不同屍塊組成，靈魂卻是脆弱的人魂。

使用夫人賜予的祕藥，她恢復成人形。是個有著倒豎瞳孔，翠綠長髮的柔弱少女，四肢有鱗片。她抱著鏡子看了又看，在陰暗的房間裡。

總算不再慘哭尖叫了。

初代為龍史縫製了精緻的蒙首，交叉包覆，直到鼻尖，倒V形的蒙首還墜了許多精緻的小珠，避免被風吹起，傷害了她脆弱的眼睛。

幫她裁製了合適的護臂短上衣，用個玉環套在她的中指，防止她手臂被晒傷，卻露出雪白的肚子，因為她胸部以下的肌膚需要接觸空氣，不然無法呼吸。

長到膝下一半的裙子保護有鱗片的腿，穿著交叉帶子的涼鞋。

後來龍史終身都穿著類似的衣裳，自己也縫製了無數套。因為這樣的裝扮才能確保她在陸地好好的活下去。

她跟從初代一年，一直藏匿在初代最陰暗的房裡。初代盡力教她一些基礎法術，但她學得最好的是月琴。

龍史喜歡聽故事，但她聽過之後往往把故事延續下去。這讓初代吃驚，因為這些故事是真實發生的，而她未聽聞就能知道後來。

慢慢的，她對初代的故事開始感到不滿足。

「我不能一直將妳藏匿在這裡，出去看看世界是好的。」初代平靜的說，「但妳要記住，每十天，妳要用祕藥滴在水中，恢復自己的真身沐浴。這祕藥有個嚴重的副作用。妳將可跟凡人和平共處，擁有緣分。但若妳的真身被人看到，這緣分就斷了。

「龍史，這是夫人最大的極限了，她無法扭轉創世之父的意旨，只能盡量彌補。妳必須在月圓之前離開看見妳真身的人，不然不是他死，就是妳死，並且會極為不幸，禍延子孫，明白嗎？」

她點頭，親吻了初代的裙裾，天明時穿戴整齊，踏浪而去。

航行至諸方遠界，直到盡頭。在先民燦爛輝煌的文化中，她是鮮明的一聲琴音。有人稱她預言家、歌唱者，但她預知未來的能力遠不如探知過去發生過的歷史軌跡。

亦有人稱她修史者、過去使，但更多的人稱她吟遊詩人。

但她自己只認為，她是個可以在虛空中看到故事的人。許多閃亮的故事就寫在虛無裡，默默的對她傾訴。而她，不過是抱著月琴，高唱那些閃亮的人而已。

她就這樣無拘無束的，在大地和海洋間漫遊。聽了許多故事，但也唱了更多故事，撫慰著最初先民的心靈。

但她一直記著初代告訴她的禁忌，她也盡量避免。就算偶爾有例外，她也會飛快的離開，不再重履故土。但在天真純潔的初民心底，依舊崇敬並且畏懼的將她的形象繪下來，成為神話或圖騰的一部分，並且留下不可窺看的禁忌。

直到天柱折，地維幾乎斷裂，她才從極遠的南方趕回來，但只看到她最初步履的島嶼，只剩下殘破的幾個陸塊。

悲傷夫人剜目暫止毀滅，被迫離世，初代已死。

她失去重生的家鄉。

龍史悲嘆、淚流，不忍留在殘破的家鄉。她橫渡海浪，到了最近的彼岸。在荒蕪的彼岸，遙望毀滅的家鄉。

初民光輝燦爛的文明結束，沉重和不幸降臨在這個劫後餘生的世界。她依舊抱著月琴，在彼岸漫遊歌唱。親眼看到人類從黃泥中立起圖騰柱，開始簡陋倉促的文明。

偶爾，她還是會被窺看到真身，恐懼的人類將遠去的她簡筆繪成圖騰，成為最初的「龍圖騰」。

她依舊歌唱，唱過一朝又一朝的改朝換代，唱過一首又一首的故事。

* * *

時光對她的意義幾乎沒有，她是創世之父親手所造，即使是失敗品。在許多美好都消失的艱苦人間，她這個真身可怖的吟遊詩人，依舊彈著月琴，唱著故事。

一路唱到國號漢的中原。現在沒有人稱她吟遊詩人，而是叫她盲歌姬，但她不在意這些稱謂。她是非常古老的生物，古老到親眼見過悲傷夫人和初代，見識過最美和最壞的無數歲月。

她依舊擁有少女般的外表，幾乎籠罩整張臉的蒙首，依舊露出秀氣的下巴和粉嫩的唇。

她就這樣奇裝異服的出現在鄉鎮，唱著讓人動容的美麗故事。她的美麗和故事吸引了一個年輕史官。

「我叫談。」年輕史官心跳得極快，因為她那粉嫩的唇和奇妙卻真實性極高的歷史故事。

微微一笑，「我叫龍史。」

他們很快的成了莫逆，談被這個瀟灑的姑娘吸引住了，甚至神魂顛倒。她幫助談整理史籍，他更因為這個奇異姑娘的博學廣聞而傾慕不已。

談擅長吹簫，常常龍史彈琴，談吹簫，終日不絕。

情和意順，談愛慕日深，請求龍史嫁給他。

「……不成的。」她輕輕的笑，有些苦澀的，「不成的。」

「我知妳不是凡人。」談說。

龍史彈斷一根絃，苦澀更深。「莫再提這事，不然我就得離開了。」對她欽慕這麼深，談答應她不再提。畢竟，比起失去她，一切都是可以放棄的。

但沒想到，迫她離開的卻不是談，而是君王。

君王聽聞了她的歌與豔，召她進宮。她斷然拒絕，卻被禁衛恐嚇將對談不利。強忍住不快，龍史進宮彈奏，君王被她粉嫩的唇和無數故事迷住，不放她離宮。

她不快並且厭惡，但為了談，她忍了下來。人類的性命短暫，不過數十年光景，而她的時間無窮無盡。

雖然談的壽命也不過數十年。

但這樣也好。

留在談心中的她，永遠是美貌少女。他將永遠不知道龍史的真身，也不會露出恐懼的眼神。他可以懷著這種美麗的朦朧另外娶妻生子，過完他短促的一生。

最少是幸福的一生。

上萬年來，她見過無數人事物，心影光亮無塵。卻沒料到在這荒瘠落後的國度，邂逅了有著純淨微笑的談。她第一次有羞愧、痛苦、煩惱和失落的心情。

卻自願這樣煩惱痛苦下去，不願掙脫。

若不是君王窺看她入浴顯露真身，她會一直在這華美宮殿自囚下去。君王狂喊，弓箭刀斧無情的加身。她從來沒遇過這種侮辱，稍加抵抗，即血流成河。

這太可怕了。

她甚至只來得及抓起祕藥，竄入護城河，宮殿前後火把閃爍，她幾乎無處容身。不想殺人，但也不想被殺。她只能蜷縮在護城河陰暗的一角，恐懼而絕望的等待人群散去。

「……龍史？」

聽到自己的名字，她下意識的回頭，驚懼的看著自己最想看到又最怕看到的人。完了。談看到她的真身。

她朝水底潛伏，漂浮著淡藍色的眼淚。第一次，第一次她想要速死，第一次她不想活下去。

「龍史，龍史！」談不放棄的喊，「我看到妳了……妳不要躲、不要怕……我早就知道妳不是凡人……快上來，我趕緊送妳走，被別人看到妳會死的！」

遲疑的，她浮出水面，露出猙獰的真身。她害怕在談眼中看到畏懼和厭惡，但他只有疼痛和悲慟。他伸出雙臂，抱住水裡的龍史。「……快來我這裡……我以為再也見不到妳。」

龍史將臉埋在他胸口，不想讓他看到自己的臉。談卻像是保護什麼珍寶，用外褂包住她，在人馬雜沓中，小心翼翼的帶著她逃入附近的太史令府。

這個時候，祕藥藥效發作了，她恢復人類少女的模樣，只是摀著眼睛。即使是燈光，對她脆弱的眼睛還是太強了。

談趕緊打滅了燈光，就著月光，他第一次看到沒帶著蒙首的龍史。她全身溼透，身無寸縷，溼漉漉的翠綠長髮披掛在臉上，看起來分外可憐。

「……別看我。」她摀住自己的臉。

「妳、妳就是龍史啊。」談悲慟莫名，「妳長什麼樣子還是我的龍史啊。」他緊緊的擁抱龍史，想要幫發抖的她取暖。「嫁給我吧，龍史。」

我愛上一個這麼值得的人。但緣分只到此為止。

「你看到我的真身了……我們緣分已了。」她掙扎，「讓我走，不然你會死……」

「我早就死了。」談不肯放，「妳進宮我就已經死了。嫁給我。」

「你將會非常不幸。」龍史哭泣著，滾著水色眼淚。

「還有什麼比失去妳更不幸嗎？」談非常憔悴，「我熬著是希望可以再見妳一面。」

真的，再也沒有比這更悲慘的。失去彼此，音訊全無。

他們親吻擁抱，並且不斷哭泣。就這一夜，這個古老到無視歲月的生物，委身給一個短暫如蜉蝣的人類。

但她覺得，這一刻就已經是永恆。

第二天，龍史杳無蹤跡，只留下一束極長的翠綠長髮，和談的頭髮鬆鬆的結在一起。

結髮為夫妻，卻只有一夜之緣。

失魂落魄了十來天，宛如行屍走肉。外界的一切都無視無聞。最後他病倒了，覺得生無可戀。

人的一生如此漫長卻又如此短促，幸運如他，得到如此紅顏知己的佳侶，未來絕對不可能有第二個龍史。她淡然的笑、嬌豔的唇，她猙獰卻莊嚴的鬼神龍身，無助哭泣的弱質模樣，燈下的編史，那樣溫柔的機慧。

不會再有第二個龍史，失去她像是失去他的生命一樣。

就在他垂危的時候，聽到如泣如訴的琴聲。

「……龍史？」他撐著病體坐起來，「龍史！」

琴聲轉哀，像是被琴聲感動，淅瀝瀝的下起悲愴的雨。一聲比一聲哀，欲斷腸。

「龍史，妳不要哭……」談闌珊著淚，「妳還在對吧？我不求見妳，請妳不要離開。」

他聽著琴聲，終於可以安眠穩睡，也一天天的好起來。每夜都有琴聲，他也拿出簫應和，像是龍史就在他身邊。

一年後，談聽到門口有嬰兒啼哭，開門看到一個裹著外褂的健壯男嬰。看到那件外褂，他什麼都明白了。

這件外褂是他的，是龍史唯一取走的東西。這個孩子取名叫做遷。

*　　　*　　　*

「爹，這個故事好悲哀唷。」男孩揉著眼睛。

「其實，也不是很悲哀。」他的父親牽著他，「因為他們的心還在一塊兒。每天晚上，他們還是互相彈琴吹簫，給彼此聽。」

男孩瞪大眼睛，「像你吹簫給娘聽，娘也彈琴給你聽嗎？」

「對，沒錯。」他的父親在竹林前站定，「別往前走了，不然你娘得離開我們了。」

「我很乖，我不會的。」他小小的手虔誠的合十，「娘，我們來看妳了。」

他的父親笑了笑，額頭已經有了愁紋。他將琴簫湊在嘴邊，吹出悠揚的樂音。不一會兒，竹林裡也傳出月琴聲，和簫聲纏綿在一起。

龍史，看看孩子。我們的孩子這麼大了。他跟妳一樣，看得見無數故事。

我從來不覺得我這生不幸。遇到妳，是我此生最大的恩賜。

漢武帝元封三年，談去世。據說他入土時，狂風暴雨，有白衣婦人抱墓痛哭，如影般沒入墳中。

談和龍史的孩子，是當世第一個「史家筆」。這種特別的天賦可以在虛空中看到過往的故事，甚至閱讀他人的人生。但這天賦像是帶著詛咒般，擁有的人通常伴隨著不幸的宿命。

但不幸的只有宿命而已。通常擁有這種天賦的人，都充滿勇氣的過完自己的一生。

即使是遷，即使是姚夜書，都是如此。

就跟談和龍史一樣。

（龍史傳　完）

我的一生，並不算不幸。我或許失去很多，但也獲得太多，超過我該有的。夜書默想著。

他眺望窗外，知道遙遠的娜雅也回望。

我知道我已經超過應有。

他繼續翻閱原稿，那是另一段，人類與眾生的故事，經由神祕的夢境。

殘篇之四 釋慧行

佛前侍奉數千年，她依舊只是文殊菩薩的侍兒，許多同修都為她抱不平。

但這位平靜到幾乎面無表情的蜈蚣精，卻不覺得這有什麼。畢竟她虔誠於佛法，並不是希冀成仙成佛，只是單純的為了佛法精深而感動。所以，能夠成為文殊菩薩的侍兒，並且能親聆世尊的教誨，她已經如願以償。

她唯一的困惑是，為什麼世尊特別不讓她出家。

「妳時候未到。」世尊笑笑的回答。

她也平和的接受了這個答案，並且靜靜的等待她的「時候」。只是她不知道，這個「時候」，在她原本光亮無塵的心底，留下最鮮明的一筆，並且永難磨滅。

* * *

作完早課，她提起藥籃，往須彌山的方向去。

她準備去須彌山下，被稱為「寂海」的廣大草原。正是許多異草奇花的時節，採擷這些花材，然後煉製成香，是她的工作之一。

清風吹拂過寂海草原，果如波浪般起伏。但她在這片廣大中卻看到絕對不該存在的存在。

她平靜的容顏沒有半絲改變，只是眼神透出幾許疑惑。她走近，望著同樣茫然的人類。

應該非常年輕，她感覺到這個年輕的凡人恐怕只活了三十個春秋，並且完全沒有修煉過，非常普通。

但，這是世尊的佛土，他是怎麼來的？

年輕人回眼看到她，舉起手，遲疑了一會兒，「……嗨。」

這是人類的禮儀？她不得不稱讚這是個有禮貌的人。但他既然出聲了，可能就會驚動羅漢和金剛。若今天誤闖的是妖怪或神族，頂多被驅趕而已。

但對人類的處置向來特別嚴厲。

動了一絲憐憫，這還是個非常年輕的生物，他的壽算雖然不長，但也不該落得滯留監禁的命運。

微顰著眉，拉住年輕人的手，「跟我來。」

「呃，這個……」年輕人滿臉漲紅，「我們還不認識……」

釋慧將食指放在唇間，示意他噤聲，就拉著他疾行。直到她自己的淨舍，才鬆開他的手。

「跑太急了，很熱麼？」她遞出自己的羅帕，給臉孔漲紅又冒汗的年輕人。

他侷促的接過羅帕，低頭笑著，「老天，這夢真的太棒了！醒來若忘記太可惜了！我居然跟這樣漂亮的美女說話！但是小姐……雖然是夢，但我還是處男……經驗不足的部分，請妳多加包涵……」

釋慧眨了眨眼睛，大抵上，她感應得到這年輕人在想什麼，卻覺得有幾分好笑。人類這種族真是有趣。

「我是文殊菩薩尊前侍兒釋慧，我是隻蜈蚣精。所以大約不能如你所願。」她淡淡的笑，一貫的從容，「但請告訴我，你怎麼會闖進佛土？」

「佛土？」他一臉茫然，「什麼佛土？我睡醒就在這裡了啊。」

睡醒？哦。睡眠、夢，這是人類的專長。想必他是穿越夢境而來。

「你的引路人呢？如果你能在夢境穿梭，一定有監護你的引路人。怎麼會讓你亂跑呢？」

「什麼引路人？」他更迷惑了。瞪著釋慧，他漸漸出現恍然的表情。「……引路人！翡雅！那個莫名其妙的彼岸花！奇怪，為什麼我做夢的時候就可以想起來，等我清醒卻什麼都忘光光呢？」

釋慧淡淡的笑了笑，卻幾乎看不出來。

人類是種短命、焦躁、匆匆忙忙又太過衝動容易闖禍的種族。他們當中很容易因為血緣的複雜而出現變異，某些人甚至擁有干擾通道的天賦。

世尊說過，有緣無緣的界宛如恆河沙之多，天人魔三界是有緣所以相聯繫，但無緣之界比三界還多上無數，相較於恆河沙般的異界，即使是創世者亦顯得非常渺小，遑論三界所有存在。

而諸界間都有其遼闊無垠的通道迷宮，無數道路交錯。連擁有大能的世尊也僅能窺看極其渺小的部分。但人類這個惹禍的種族，卻可以用夢境這樣的方式進入迷宮中。

絕大部分的人因為被「妄想」所困，所以往來的異界範圍很小，也往往夢醒不復記憶。但有些特別容易闖禍、擁有天賦的人，就會讓通道的管理人嚴格監控著。

這些和三界無緣的中立者既不知道他們從何而來，也不知道他們歸屬哪個異界。但他們忠實的看管自己分內的人類，並且自稱引路人。

這個年輕人就是逸脫引路人的掌握，誤闖了佛土。

「快醒醒，回到人世吧。」她溫柔的勸著。

年輕人張了張嘴，低下頭。他是個害羞內向的人，活到今天三十歲，連跟女生講話都不敢。要不是翡雅以男身出現，他說不定也會逃跑。

第一回，他是第一回跟個女性說話，沒有羞到想鑽地板。而且她真是世紀大美女，又這麼和氣！

「我……呃，我姓徐，徐儒林。」他紅著臉，「但我不捨得醒來欸。」

釋慧微微偏著頭，張大了眼睛。

這麼細微的動作也讓儒林的心飛跳。這個看起來教養很好的美女不但沒有千金小姐那種無聊的高傲和故作矜持，也沒有年輕女孩那種亂笑聒噪的輕佻。

她一直都很平和、溫柔而沉靜。像是一泓深邃的碧泉，汪著隱隱金光。

正因為如此，她細微的表情和動作顯得分外生動。

「我……」他不好意思的搔搔頭，很快的說著，「我活到今天三十歲了，還不敢跟女生說話。每次說話我都好緊張，不知道在緊張什麼……我都大學畢業好幾年了，連相親都會臨陣脫逃妳看多糟……」

「慢慢說，」釋慧請他坐下，倒了杯茶給他，「我在聽。」

他坐了下來，又驚又喜。但想到剛剛跟她說的話……又臉孔煞白。「我、我剛剛……我真的以為是夢，所以才出言無狀！我我我……我不是色胚真的，請妳要相信我……」

萬一她覺得我是變態怎麼辦?!

「呵。」釋慧輕輕蒙著自己的嘴笑，白皙得如溫玉的手背晶瑩，「別介意。我幼年在人間住過，我知道人類對生養是很看重的……」她輕輕聳了聳肩，「各個種族不同，我懂的。」

……我不要醒來了。醒來要去哪兒找這樣雍容大度、溫柔又有涵養的小姐？再也見不到她怎麼辦?!

「釋慧小姐，妳結婚了沒有？」他激動的握住釋慧的手。

釋慧沒有動，也沒抽出手。她寬容的看著這個年紀很小的年輕人（相較她而言），「我是佛前侍兒，怎麼可能成親呢？」

「修女都可以還俗，尼姑不可能不行吧？」徐儒林勉強緩了緩呼吸，「我能夠請妳、請妳以結婚為前提，和我交往嗎？」

……啊？釋慧呆了一下。這孩子瘋魔了？

「我不是人類。」她笑出聲音，平靜的表情因此蕩漾著和煦，「我快四千歲了，你……」她指了指儒林，「你才過三十個春秋。」

「老天，我不在意！」他試圖說服這個知性美女，「聊齋上多少例子！」

「盡信書不如無書，難道你沒有聽過？」釋慧笑。

他們交談了一會兒，釋慧的笑意越來越深。真是天真可愛的種族。難怪世尊提到人類總會露出憐愛又柔情的表情。

但她感受到似乎有金剛往這方向而來，雖然距離還很遠，但應該會漸漸尋來。

「儒林，你倒看過不少書。」她開口，「可看過白蛇傳？」

「看過啊。」他不懂為什麼會天外飛來一筆。

「這是異族通婚的弊病，你得撐過這一關。」

儒林還在思索她的意思時，釋慧已經在他眼前變回真身，頭幾乎頂著天花板，渾身金燦，是隻碩大無朋的蜈蚣。

徐儒林大張著嘴，兩眼翻白，昏倒在地上，然後消失無蹤。

治打嗝和還魂，驚嚇都滿有效的。釋慧默默的恢復人身。原本往這方向來的金剛遠離，想來也很疑惑入侵者怎麼突然消失。

她倒不覺得怎麼樣，只是起身又提起藥籃，並不掛懷。

的確，人類很有趣。但也如世尊所說，最好和最壞都集中在人類身上，無私與偏見都非常極端。

她見蜉蝣與人類無異，但人類見她與人是完全兩樣的。她不覺得有必要苛責，但也會訝異人類的狹隘。

很快的，她將這件事情拋開，如同她因為憐惜生命，輕輕挑出跌入水缸的飛蛾。她往寂海而去，輕風飄揚著她無拘的長髮和腰上玲琅的玉佩，發出好聽的聲音。

*　　*　　*

就在晒製研磨香料的時光裡，一日日一月月過得極快。她也幾乎要忘記這短暫的邂逅。

但某日，她專心一致的秤著香料，準備混合在一起焙乾的時候，突然聽到她的小院傳來匡啷啷的大響。

她急起身，走出去看看，發現儒林打翻了好幾籮正在陰乾的香草，鼻青臉腫的坐在地上。

他慌張失措的四下張望，看到釋慧，欣喜若狂的，「我成功了，我成功了！」他仰天大笑，抓著釋慧的手跳上跳下，「我終於到了！我又見到妳，見到妳了！」

釋慧微張著嘴，只能將他拖入屋內，懷著一種不可思議的心情，在屋內布下紗蘿障。

這是一種幼年學習的法術，經過幾千年的修行，成為非常堅強的結界，足以隔絕人氣。她真不該這麼做，雖然不算違例，但也相距不遠。

「……你看過我的真身了呀。」而且還深刻的體認到他的恐懼。人類畏蟲蛇極深。

「是啊，我真的嚇到了。」好不容易冷靜下來的儒林有些羞赧，「但、但是！但是……我可不是討厭妳喔！我只是被嚇到，我真的真的真的……」他拚命強調，「我真的好喜歡妳！我怕忘記妳的模樣，還想辦法把妳畫下來……我一醒過來馬上畫了！但我……記憶消退的那麼快，我沒辦法完成，只能匆匆筆記……但我真的沒有忘記妳！」

他激動的拿出一張只有手掌大的畫，「妳看！我真的不要忘記妳，我我……我知道這樣好像很蠢，但我好像被雷劈到！我不會解釋……」

釋慧輕輕偏著頭，隱隱有些忍俊不住。她接過小畫，不但有她人身的肖像，背景還有隻巨大的蜈蚣。

人類淺薄無知，卻這樣天真可愛。

「……你又是怎麼來的？」釋慧用種對待幼童的容忍看著他。

「哈哈，」他不好意思的搔了搔頭，「我每天都拚命煩翡雅……妳知道的吧？翡雅……那些引路人，我是都叫他們彼岸花啦……誰知道他們是什麼東西，有沒有性別之分也不知道……總之，我根本不知道怎麼來，只好拚命煩翡雅。翡雅好生氣呢，他說他洗我的記憶洗到想撞牆了，求我別惹麻煩了。」

安靜了一會兒。「我真的不是惹麻煩，而是、而是……我沒辦法忘記妳……不對，我怎麼也不想忘記妳！這就叫做、叫做，一見鍾情！我整個被雷劈到了，我……」

「我感應得到你的心情和情緒，」釋慧溫和的打斷他，「不要急，緩著點。」她寬容的遞茶給這個激動到嗆著的年輕人。

好不容易緩過氣來，儒林大大的喘口氣，咽了咽口水。「……每天只有做夢的時候，我才能走進夢境，然後想起來。但夢境好大好大好大……大得妳難以想像喔！而且道路非常複雜，不是只有東南西北，還有上下和……」他不知道怎麼形容，「就是很詭異，妳相信有倒過來螺旋狀的樓梯嗎？」

釋慧含笑著點點頭。

「只有翡雅可以幫我……但他不肯。」儒林握緊拳頭，「妳知道他搞啥鬼嗎？他居然變成妳的樣子！說他可以變成『釋慧』，隨便我想幹嘛，只要我不要惹麻煩就好……妳聽過比這更褻瀆的話嗎?!他褻瀆我喜歡的女生欸！我氣得揍了他一頓，打得他爬不起來……」

……他揍了引路人？釋慧又驚駭又好笑。連世尊都要敬他們三分的引路人，這個呆子就這樣出手就揍？

「……妳的手帕還在我這兒。」儒林含羞，「我沒辦法帶去現實，但夢境裡我就還擁有。我握著手帕祈禱，居然讓我尋來了……」他羞得別開臉。

原來是羅帕惹禍。釋慧輕搖著頭，想要拿回來，儒林卻奪手不給，死死護著。

釋慧看了看旁邊，好壓下笑聲。人家這麼認真，她還大笑，實在太不尊重人了。

「……你只是跟女人的相處有障礙。」她耐著性子回答，「所以你覺得跟我相處似乎最親切。其實，這些都是錯覺。因為是夢，所以你解除了你的緊張。你若不再緊張，就可以和其他女人相處。這種事情是需要習慣的。」

「……我喜歡妳。」他小小聲的說。

「我也很喜歡你，跟喜歡眾生相同。」釋慧交握著雙手，「就跟世尊憐愛世人一般，但我不是人類，甚至是個修道者。人類的喜歡很容易磨滅，或許現在會很難過……」

「妳也知道我很難過嗎？」他沉下臉，「兩年了，釋慧小姐。我一直在夢境找妳。我也不知道我幹嘛這樣……我也去相親過，現在我敢跟女人說話了。但我忘不了妳，也不想忘記妳！我老想到『遊園驚夢』……原來在妳心中我什麼都不是。」

他痛苦的情緒感染了釋慧，讓她平靜的臉孔也有淡淡愁容。「……很抱歉我不能回應你。」

「我沒有要妳回應，沒有嘛！」儒林激動的抓著她的手，「讓我偶爾來看看妳嘛，這樣我就滿足了！我沒有要妳一定要喜歡我，最少、最少給我約會的機會嘛！」

她正不知道怎麼回答時，紗蘿障內，突然出現了另一個「釋慧」。她沒好氣的壓著額頭，怒目著儒林，「我可不可以拜託你別再惹麻煩了啊?!」

「……別變成這樣行不行？看了很難過欸！」儒林凶回去，「我哪有惹麻煩？」

另一個「釋慧」沒好氣的變化形體，成了個高頭大馬，皮膚黝黑的修長少年，「我不想接到佛土投訴。他們家的十八羅漢是很煩的！」

看著儒林和翡雅激烈吵嘴，釋慧有種非常好笑的感覺。

三界往來，自有通道往還，用不著取道錯綜複雜而且危機四伏的夢境，唯獨世尊所見不同。很早以前，世尊已經絕了通往人間或各界的路徑，若有使節，也寧可借道夢境。

世尊的意思，她懂。三界早已千創百孔，禁不起任何神力或魔力的破壞平衡。既然禁不住神魔兩界，世尊所能掌握的佛土，就不再開啟任何通道。

她這個佛前侍兒，偶爾會出使，藉由世尊之力通過夢境前往三界，也遇過幾對引路人和能力者的組合。

大抵上來說，都很和諧溫和，這是她見過最火爆的一對。

「你怎麼不趕快死?!」翡雅受不了的跳起來，「再監護你我絕對會自爆！」

「我很愛讓你監護嗎？」儒林回嘴，「我要換個彼岸花！」

「不要叫這個蠢名字好不好？」翡雅蒙著眼，「你死之前我都不能脫離苦海！你知不知道你昏睡多久了？人間的時間已經過了三天哪！你再不回去就死定了！」

「如果不是你不幫我，我怎麼會滯留這麼久……」

「你到底要惹麻煩到什麼程度？你忘記你把某隻龍送到某個作者心裡去的事情？」

「是他說有人呼喚他，要我開個夢境之門的欸，我怎麼知道還真的可以開？」
「我恨透你這什麼都不知道的笨蛋了！你快死一死啦！……你到底回不回去?!」
「你答應以後幫我來這兒，我就回去！」
「……我到底是做了什麼會落到監護你的地步?!……」
他們越吵越大聲，紗蘿障幾乎禁受不住要崩潰了。釋慧設法補強，卻發現破綻越來越大。
「你回去吧，我答應再見你。」釋慧靜靜的說。
這兩個正在激烈爭吵的搭檔（？），齊齊轉頭愕然的看著她。
「是。」她點點頭，「我會再見你……所以，你回去吧。」
儒林露出欣喜若狂的表情，大大鬆了口氣。含著微笑的閉上眼睛，並且緩緩的消失了蹤影。
「……妳不該輕易許諾。」翡雅很困擾。「尤其是辦不到的諾言。」
「我會去佛土和夢境交界處見他的。」釋慧收拾著法術，「這是讓他乖乖回去最好的辦法，不是嗎？」

翡雅說不出哪裡不對勁……但他不喜歡這種感覺。「我的任務就是監護分配給我的惹禍精，並維護夢境的秩序。」

「但你還滿喜歡這個惹禍精的不是嗎？」釋慧輕笑，「和人類相處太久？」

「久到有不好的影響。」翡雅發悶，「交界喔，妳不可以跨越夢境，那小子不可跨越佛土。」

「定住他總比讓他亂跑好。」釋慧轉眼，唇角漾著幾乎看不見的笑，「這樣你也可以輕鬆點。」

翡雅沉重的嘆口氣，「我一定是非常黑，長官才把這個惹禍的極品塞給我……」

他消失了。

惹禍的極品。釋慧因此笑出聲音。

但他那種接近異常的偏執，讓釋慧有些感動。真奇怪，這樣短命倉促的種族，卻有這種燃燒似的執念。這對眾生來說，非常奇特而不可思議……

並且移不開視線。

但她沒多想什麼，只是靜靜的收著院子散亂的香草，並且繼續製香。等她想起來該去見儒林時，已經過了一週。

歲月對她意義不大，所以也未曾留心。但等儒林發狂似的直奔而來，她平靜的心起了一絲非常細微的漣漪。

她出生於文殊菩薩的香案下，幼年就慕佛法而修煉，未滿百年就得道。在修道者中，她算是幼年得道，從未沾惹過七情六欲。

她的心思也一直光亮無塵，幾千年都是如此，直到現在。

翡雅看了看她，心底有些淡淡的不對勁。這小瘋子惹的禍無數，希望不會再惹一椿。

「你們慢慢談，」他指了指遠方，「等他該醒的時候，我渡他回去。」

儒林拚命點頭，覺得高興得幾乎炸開來。

＊　＊　＊

和他見過幾次面，釋慧有些困惑。

其實並沒有什麼重要的話要說，只是一些非常瑣碎的事情。儒林說了一大堆人間的事情，像是他買了最新出廠的電視，還有群星會的歌。最近他買了很多黑膠唱片，還跟她講解唱盤長什麼樣子。

更多的是關於他短暫的一生。比方說他大學畢業後留在學校當助教，現在正在拚論文，有機會成為講師。還有他們實驗室裡頭的種種趣事，甚至對她說明相對論和許多聽不懂的方程式。

說到興起，他一面口沫橫飛的說，一面在地上不斷的畫著一大堆奇怪符號。等驚覺時，他才訕訕的停下來。「……妳覺得很無聊吧？我真不該拿這些來煩妳……」

「不會。」釋慧輕笑的搖頭，「你說得時候非常開心，我感覺得到你的情緒。」

他不好意思的拍拍膝蓋上的土，「……大家都說我是書呆子。」

「書呆子有什麼不好呢？這是你的人生，你快樂最重要。」

儒林深深的看了釋慧好幾眼，他有些狼狽的點點頭，滿懷歡喜。「……老說我的事情，妳怎麼都不說話？我也想知道妳的事情。」

「……沒什麼好說的。」釋慧呆了呆，「我一直在修行。」

「那、那妳為什麼會跑去當尼姑？」還是隻蜈蚣尼姑，但他很聰明的沒說出口。

「……我出生在恭奉文殊菩薩的案下。」她神情平和溫潤，「主持是個高僧，我從出生就聽他說法……聽久了當然就懂了人類的語言。但那時我還是茫然的聽。」她漾著幾乎看不見的微笑，「但有一天，主持說了，『佛曰：眾生平等。』。」

她輕輕咬著唇，「這是很平常的一句話。但我很難跟你形容我的感覺。就好像模模糊糊的一個死結，突然轟然的被炸開來。就好像……好像被雷打到，這就是了。這就是我想要的……但我無法解釋……」

「我懂，我懂！」儒林跳起來，把釋慧嚇到，「我懂那種感覺！就好像鑽研一道非常難的數學難題，突然而然，你就是拿到鑰匙……就、就好像你突然懂了某種關卡……」他激動得幾乎無法言語，「就、就好像我見到妳。我跟自己說，對了，就是了……」

他尷尬的轉開頭，將汗揩在肩膀上。

釋慧垂下眼簾，不知道該說什麼。默默相對而無言，卻比千言萬語還深切。

直到翡雅不太耐煩的來帶儒林，才打破這種奇怪的沉寂。這次儒林沒有跟他抗議或拖延，異常順從的跟他走。

只是儒林頻頻回頭，直到釋慧對他揮了揮手。

看他遠去，釋慧呆呆的又坐下來。坐了很久很久。

* * *

他們並沒有時時見面。原本是一週到十天左右，後來固定下來，約週末見一次面。當中一直沒有出亂子，翡雅也鬆了口氣。

看起來狀況是往好的地方發展，不是嗎？這個惹禍精現在也不再惹禍了，即使不是會面日，也乖乖待在交界處直到天明。不用擔心他又闖出什麼禍事，秩序也維持住了。

但這樣的好光景只維持了一年。他早該知道這該死的惹禍精不會這麼安分，他早該知道人類的執念狂起來是什麼樣子。

當他從闇法洪流中拖出儒林的魂魄時，儒林已經重傷到要死掉了。「……你去求魔界的小鬼頭幫你？」

這個惹禍精居然跑去加入一個什麼黑魔法組織，試圖去佛土搶人。

奄奄一息的儒林抬了抬眼皮，絕望的。「……誰也不肯幫我。我要天天見到她，和她生活在一起……我要娶她，我要跟她生兒育女……」他的聲音漸弱，「我要把她拖下來……釋慧……」

「……你問過她沒有？你問過她沒有啊?!白痴、笨蛋！」翡雅暴怒起來，「而且你根本跑錯地方了！那是西方天界，你去那兒做什麼?!……」

他簡直要氣死，只能將瀕死的儒林送回人世。

不會死的，翡雅安慰自己。人類跟蟑螂一樣，魂魄受再重的傷也不會死，何況他是個頑強的惹禍精。

但他也永久失去夢境漫遊的天賦。也就是說，連一週一期的見面都不可能了。

坦白說，翡雅應該覺得高興，因為他不用再監護這個惹禍精。但他也無法說明為何狂怒不止的衝去魔界，破壞規矩的將那個引誘儒林的異常者打個半死，燒掉儒林親筆簽的合約書。

暴躁憤怒了很久，尤其是儒林無助的呼喚更火上加油。闇法的傷害可能不致命，但這個執著的笨蛋會死於相思。

他不肯承認，但這個史上最麻煩的惹禍極品，卻讓他有種類似子女或弟弟的情感。

人類真是可愛又可惡的種族！

他咒罵著，卻做了第二件破壞規矩的事情。讓他的長官抓到，他真的會吃不消兜著走了。

釋慧愕然的站起來，只見翡雅，但不見儒林。

她望著翡雅，這個引路人卻煩躁的看著旁邊。沉默了很久，翡雅才不太情願的說，「……那個笨蛋再也不能來了。」

「你說儒林？」她的心一沉，卻嚇到自己。幾千年來，她頭回感到異樣的波動。

翡雅更煩躁的搔頭，跟她說了儒林幹下的蠢事。

「……他還好嗎？」太亂來了。居然去求黑闇的援助，他在想什麼？

「肉體上絕對完好無缺，魂魄上的傷應該也可痊癒。」翡雅咬了咬牙，「但心靈上就難說了。」

「他為什麼……」釋慧不懂。

「為了妳呀！蜈蚣精小姐。」翡雅長嘆一聲，「他想藉助闇法把妳拖到人間去。」

半晌釋慧說不出話來。「……太愚蠢了。」

「妳說得對，非常愚蠢。」翡雅緊皺著眉，「他如果不這麼蠢，還可以有見面的機會。釋慧……其實我該覺得高興，終於擺脫了他。但我高興不起來。」他攤了攤手，「我高興不起來。他的呼喚還是可以傳到我耳中……他會痛苦而死。」

翡雅不知道怎麼開口，這個要求簡直殘忍到極點。但不做些什麼，他會爆炸。

「……妳能不能……能不能為他下凡？我可以把妳偷渡過去。」

任何有絲毫智慧的天界女性都會拒絕吧？他認命的想。但最少他努力過了。

私自下凡？放棄長生和平順又尊貴的天界？哈！

「好。」釋慧說，「走吧。」

「妳不同意我也是可以理解的……」翡雅猛抬頭，「妳說啥?!」

「我說好。」她溫潤的臉孔有著淡淡的笑，「現在就走吧。」

翡雅張大了嘴，獃住了。「……割肉餵鷹？」佛土的人未免也太崇高了點吧？

「不不，」她的笑深了一點點，「是我想去他那兒。」輕輕搖了搖頭，「其實我也不太懂。但我應該會有懂的一天吧。」

她跨入夢境的那一邊。「只是，你會因此擔了很大的干係。」

「我認了。」翡雅頹下肩膀，「從我開始監護他的第一天，我就知道他多會闖禍……沒有一天我不祈禱他快點死的……但也沒有一天，我停止祈禱他可以活到人類的最上限。」

「人類真的很可愛哦。」釋慧平靜的將手交給引路人。

「但也真的他媽的可怕。」翡雅握住她的手，將她偷渡到人間。

*　*　*

病弱的儒林突然要娶一個來歷不明的姑娘時，在徐家引起軒然大波。

徐家是書香望族，從日據時代就是如此。他們家不是學者就是醫生，在地方擁有大片房地產和威望。這個總是不婚的長子，大家都以為是眼界高，卻沒想到他會娶一個不知道從哪冒出來的女人。

她自稱孤兒，無親無故。但退燒的儒林看到她就尖叫一聲，將她緊緊抱住，並且宣布非她莫娶。

在五〇年代，門第觀念依舊非常濃厚。徐家家長完全不能接受這樣的兒媳婦，逼迫不成，憤而和徐儒林斷絕父子關係。雖然不至於施壓到讓大學解聘儒林，但他因此晚了好幾年才當上講師。

但這些壓力和損失，對儒林來說，簡直比不上一塊壓克力板的重量。他欣喜若狂，簡直要神經失常。在還沒有成親，兩人還分房睡時，他常常半夜跑去疾敲釋慧的房門，直到她開門，他才緊緊握著她的手，淚如雨下。

這種患得患失的狀態持續到他們成親、孩子都五、六歲了，儒林還會半夜跳起來，扳過釋慧看很久，才能夠躺下去再睡。

徐家直到孩子出生才跟這對夫妻和解，而釋慧的虔誠向佛也讓他們緩和，並且接受這個總是心平氣和的兒媳婦。

他們的婚姻關係維持了四十年，生了兩個孩子，長子二十二歲就成家，第二年，他們就添了孫女。

隨著歲月流逝，漸漸的，這位來歷不明的女郎，越來越顯出奇異之處。她一直保持二十幾歲的模樣，頂多臉孔有幾條皺紋。她一直都是心平氣和，溫柔體貼，從來沒對人大過聲音。

但當她勸告或責備後輩時，所有的人都會被震懾住，產生強烈的敬畏。她成了徐家一個傳奇人物，一個宛如不凋之花的慈悲女性。

當她抱過自己的孫女時，原本平和的神情突然緊繃。產後不久的媳婦提心弔膽的抬頭，或許婆婆很不高興？

「……對不起，是女孩……」媳婦怯怯的說。

「女孩兒很好。」釋慧恢復平和，溫柔的微笑，「女孩兒貼心。男生女生不都一樣？將來長大一定跟妳一樣好。」

媳婦鬆了口氣，害羞的笑起來。她非常喜歡這個漂亮又心慈的婆婆，說不定比自己母親還喜歡……也說不定是這位表情不太多，卻總是溫柔的女性，這樣疼愛照顧，遠勝於冷淡的母親。

她比老公大五歲，甚至還當過他的老師。所有的人都不看好，她的母親甚至對她破口大罵，說她貪圖徐家家產，忝不知恥。只有婆婆力排眾議，甚至請動議長來說親，她說，「年齡有什麼關係？身分有什麼關係？重要的是能不能合心合意。這是孩子們的人生，不是大人的人生。」

釋慧對她笑笑，端詳著孫女眼中隱約的金光。

她生了一兒一女，都是完全的人類……或說讓強大人類基因覆蓋的混血兒，終生也不會有什麼改變。

但長孫女……卻有濃厚的蜈蚣血緣。

她依舊是那位眾生平等的佛前侍兒，但人類未必可以如此。所以，當兒媳婦怯怯的提起產後還想繼續工作，她毫不猶豫的擔下撫育的責任。

孫女長大，越來越像釋慧，同樣鎮靜而少有表情。她疼愛這個孫女，宛如疼愛自己的子女。但她沒跟子女提過的、關於眾生的事情，就毫不保留的告訴孫女，並且教她如何保護自己。

這是一點她頻頻回顧的血緣和牽絆。的確不利修行，但她從不後悔。

就像她從不後悔私自下凡，嫁給儒林，卻只有短暫四十年的緣分。直到他白髮蒼蒼，直到他雞皮鶴髮，直到他衰老，直到他瀕死，她也沒有後悔過。

「……看起來，我撐不過，得拋下妳去了。」躺在病床上的儒林看起來特別衰老，但他眼中依舊燃燒著當初不顧一切也想把釋慧拖下凡的執著。

「我不能為你盜仙草。」釋慧將他的手拉起來貼在臉頰，「我不是白素真。」

「妳敢去盜我一定會罵死妳。」儒林輕笑，「妳已經為我做得太多。妳還能回佛土嗎？」

「……我會回去佛土懺悔贖罪。這是我私逃的代價。」釋慧將臉埋得更深一點，「並且祈求你來生幸福順遂。」

「沒有妳，我要來生做什麼？」儒林喘了口氣。

「儒林……」

「聽我說，我啊，累妳這四十年真的夠了。我這書呆子的執拗脾氣，差點把自己弄死，還拖累了妳和翡雅。對不起，我太任性……」

「我喜歡書呆子。」釋慧微微的笑。

他也笑出來，昏黃的眼珠淚眼朦朧，「……我捨不得妳。我什麼都沒關係，但我捨不得妳……我希望，不要轉世輪迴，甚至不要存在。我若還轉世，一定又會想起妳，想方設法把妳拖下來……但歡聚幾十年，上百或上千年的孤寂……妳怎麼辦？怎麼辦……」

釋慧輕輕吻著他的手。「別擔心。這幾十年……我很快樂。我熬得住，你不用擔心……」

直到儒林嚥下最後一口氣，釋慧的眼淚，才緩緩的流下來。而且，只有她的孫女徐堇才看得到。

*　　*　　*

「奶奶，」才十二歲的孫女，已經有超齡的成熟。葬禮之後，她悄悄的找到釋慧。「妳要走了嗎？」

釋慧看著這個孩子，憐愛的摸摸她的頭。「奶奶要回佛土世尊之前懺悔贖罪了。她投身到釋慧的懷裡，「……我會很難過。爸媽也會，姑姑和姑丈也會。」

子孫、血緣。她在人間的印記和記憶。

「……記得我跟妳說的聖魔麼？」她低低的問。

「記得。」徐堇點頭。

「我算過，你們有緣分在。」她低頭看著孫女，「必要的時候，找阿邪幫忙。他嘴巴壞，但會賣我的帳。記住我跟妳說過的事情。」

徐堇又點頭。

「去吧。」她鬆開徐堇，「奶奶會一直看著妳。」

徐堇抬頭看她，一步一回顧。就像當年的儒林一樣。她在人間這些年……人類真的非常可愛，雖然可怕又可恨。

但她喜歡這個短命的種族，非常非常喜歡。特別喜歡那個死去的、身為書呆子的丈夫。

那個叫做儒林的笨男人。連出軌都不會，一輩子將她當作無上珍寶的笨男人。

她站起來，推開月夜下的窗影。「……翡雅？」

憔悴的少年出現在她面前，有些沒好氣的。「為了你們相聚四十年，我差點沒命。妳最好有心理準備，挨罰可不輕鬆。」

「你的處罰是什麼？」她問。

「帶枷十年，同時塞給我一個比儒林麻煩三百倍的超麻煩集合體。」他非常生氣，「而且她的記憶比儒林難洗好幾萬倍！她醒來還記得一點東西，就隨便亂寫！入夢的時候要求千奇百怪……不照她的要求就到處亂跑亂闖禍！為了她我起碼改了上百種造型，他媽的……」

釋慧笑了起來。嘴巴罵得這麼凶，但他也很疼愛那個惹禍的女孩子吧？

翡雅邊發牢騷，邊將她送到佛土邊界。「我想……妳挨罰的時候，我沒什麼機會再見到妳吧？」

「翡雅，你越來越像人類了。」釋慧溫柔的看著他。

「沒錯。」他自棄的嘆口氣。「人類都是一群有劇毒的病原體。等這傢伙死翹翹以後，我一定要申請一個很長很長的休假，再也不想看到這些可惡的人類……最少幾百年內不要。」

釋慧同情的拍拍他的肩膀，走入佛土。

方纔走入，已經讓羅漢押到世尊面前。文殊菩薩嘆息，但世尊卻目光柔和。

「釋慧，塵緣可了？」

她抬頭，看著世尊悲憫的面容，她彎了彎嘴角，「未了。但我理應回來懺悔贖罪。」

「懺而不悔？」世尊也笑了。

「懺而不悔。」她昂首。

她受的罰意外的輕，她知道許多同修訝異而且不滿。她違反眾多戒律，所受的懲罰只是薰香浣紗千年，勤苦勞役。

「她未受戒。」世尊對異議淡淡的說，「所犯只有私下凡間，過度則不當了。」

或許世尊什麼都知道，所以成全。

她年年在寒溪浣紗，苦寒入骨。但她沒有抱怨過。

是啊。她懺而不悔。

（釋慧行 完）

關於夢境和引路人，還是不要書寫太多。夜書輕輕搖頭，這超過他的領域了。

寫下這個故事，他還記得被罵很久。但管他的，那與現實一點關係也沒有，也不是他能控制的範圍。

但釋慧說，懺而不悔。

這強烈感動震撼了他，讓他不顧禁忌，寫了出來。

差點就失去這個故事了。沒想到躲過災變，存活下來。

繼續翻閱，扭亮了檯燈。因為四周已然昏暗。靜靜的天空，靜靜的滿月。

他看到另一個故事。一個關於月華滿三界，對應著水中隱約蕩漾影光，天帝多情又苦難的一生。

殘篇之五　月滿雙華

初次見面的時候，他還是個嬰兒。

他的父母恭謹的抱著初生的他，跪在列都的河邊，正在等待都市管理者初代的命名。

這是極大的榮耀。原本命名是尋常村巫的工作，但這孩子出生得太急，居然在跨越列都前的大橋就臨盆，剛好經過的初代伸出援手，在曠野中生下了這孩子。

既然有緣。初代說，那我就替他起名吧。

她安靜下來讓靜默蔓延自己的身心。而月滿大地，天上河流，雙華相映。

「就叫雙華吧。」她說。

沉靜中，初生的孩子卻睜開眼睛，盯著初代不放，咯咯的笑了起來。

「……初生就這麼愛笑啊，小朋友？」初代輕撫他的額，「願你一生都不忘此刻的喜樂。」

很多年很多年後，初代懊悔自己的禱詞。她應該說，「願你一生都如此刻喜樂。」

而不是「不忘」。

不忘往往是殘忍的。

*　*　*

這孩子漸漸的長大起來，或許是因為初生的緣分，特別喜歡黏著初代。這個都城管理者，不知道活了多少年的人類。

相對於其他人對初代的敬畏崇拜，他總是一陣風似的颳進初代的屋裡，跟前跟後，問東問西，蹦蹦跳跳的，累了就趴在她的腿上熟睡。

「……我明明給你取了個很穩重的名字。」初代的抱怨帶著寵溺。

「穩重是什麼？」他抬起清澈又童稚的眼睛。

「最好你不知道。」初代點了點他的鼻子。「起來起來，熱死人了。別儘往我懷裡鑽。」

雙華靈慧，很早就開始讀書識字。這些對他來說簡直不費吹灰之力。但讓他一見傾心的，卻是劍術。他的父親是非常博學的巫師，但他卻想成為劍客。

他的父親煩惱的來找初代商量。

「兒孫自有兒孫福。」初代微笑，「我看他術法學問都不錯，何必非限定他做什麼？當個劍客也不錯，年輕人要多歷練，有個防身的本領不挺好？」

「您太寵他了。」雙華的父親搖頭，但也沒再說什麼。

這個活潑的孩子一面讀書、學習術法，一面耍刀弄劍的長大起來。他總是笑嘻嘻的、開開心心的。若問他最喜歡誰，他總是明朗的說，「爸爸、媽媽，和初代。」

但其實，他最喜歡初代。喜歡她芳香的懷抱，喜歡看她梳髮時，微偏著頭的神情。喜歡她的穩重自持，和溫愛的寵溺。喜歡她伸出手，在祭典上獻祭歌……

喜歡得不得了。

喜歡到跟初代一樣高了，他還喜歡鑽進初代的懷裡，心滿意足的趴在她腿上午睡。喜歡到……想跟她共度餘生。

他生平第一次哭，是因為他終於知道，不管多喜歡初代，他都不可能跟她成親。因為她是列都魔性天女選中的都市管理者，而她跟任何人甚至眾生都不會有姻緣的。

「……初代，我們不能結婚嗎？」他臉孔蒼白的問。

初代睜大眼睛，「……你想媳婦兒想傻啦？哎呀，你年紀是還小了點……但要訂親是可以的。你喜歡哪家姑娘呢？」

「我喜歡初代。」他幾乎哭出來。

她輕笑出來。白長這麼大的個子，都快跟她一樣高了……還說這樣孩子氣的話。這跟小孩子說要跟媽媽結婚一樣天真可愛。

「我也很喜歡你這聒噪的孩子，我甚至是為你命名的代母。」她憐愛的摸摸雙華的頭髮，「你怎麼能跟老媽結婚呢？傻孩子。」

他沒說什麼，只是點點頭就走了。但那天夜裡他哭了整整一夜，也從那天起，不再鑽到初代芳香的懷裡。

但他依舊眷戀的看著初代梳頭，或幫她綰髻。他甚至外出遊歷，成為非常有名的劍客。

但他最想回來的是，初代的身邊。

不過，誰也不知道。這是他放在心底深處最微妙的小祕密。

他漸漸長大、成熟，甚至比初代高很多了。

身為劍客，斬除禍害是他們的重責大任。當時初萌未久的世界生機蓬勃，但許多動植物因為這股生機過度生長，甚至因此妨害其他生物的生存，這就是劍客們的責任。

所以，雙華遠赴過內陸，在雲夢大澤待過很長的時間。在那個廣大如海洋的大湖裡，有許多珍奇異獸，安撫他們、祈禱獻歌，是巫師們的責任。但某些乖戾跋扈，祈求人牲或毀滅的，就是劍客們的責任。

雙華是個出色的劍客，不管是他的朋友還是仇敵，都有相同的觀感。甚至，因為家學淵博的關係，他有時會客串巫師的角色。

當他歸來謁見夫人，而初代隨侍在側時，他這樣說，「越學劍，越覺得能不用就不用。畢竟劍再利再快，也不能拿來種麥子。」

「巫師的花言巧語可以？」初代輕笑。

「有時候，真的可以……有時候。」他朝初代擠擠眉。然後開始說起所見所聞。夫人含笑著聽，看他和初代互相戲謔，故意鬧到初代笑叫，「夫人妳瞧瞧這碎嘴！吵死人了呢！」

那時候的悲傷夫人還是美麗完整的，也並不自號「悲傷」。她還有著溫柔的眼睛，是個母親似的古聖神。她疼愛人類，格外疼愛這個活潑開朗的少年劍客。

這孩子是所有人類光明面的代表……而且還是個彌賽亞。

因為他可能悲慘的宿命，夫人格外憐愛他。並且默默祈禱，這代的彌賽亞可以安享天年。畢竟創世之父遠颺不知所蹤，或許這世界有機會走向比較光亮的未來。

當然，之後，夫人才知道她的祈禱完全落空了。

當雙華回來時，初代總是非常高興的。當年那個幾乎難產的小嬰孩，現在長成這樣英挺俊逸，幽默風趣的劍客，她有種為母和為友的驕傲。

但她也是個體貼的人。她漸漸收起如母般的寵溺，更像個朋友。畢竟雙華長大了，她必須顧慮他的想法。所以雙華硬要拿她的藥籃，她也就由他去了。

畢竟雙華已經是個懂得體貼的男人，而不是男孩。

「要去哪啊？」雙華提著藥籃跟著。

「靈泉的瑤草開花了，」初代笑笑，「夫人喜歡這花泡的茶。」

「啊，好久沒去靈泉了……子麟長大點沒啊？」雙華笑問。

話才剛說完，就聽到一聲嬌嬌的呼喊，「雙華～」只見一道金燦的身影飛撲而來，正是隻麒麟。這隻喚做子麟的少女麒麟一低頭，有著蜿蜒鹿角的腦袋就要撞上雙華的肚子。

但劍客就是劍客，身手特別矯健。他將藥籃一送，正好扎在麒麟角上，子麟頂著藥籃拔不出來，狼狽的打了滾，化為人身，又跳又叫的，「初代，雙華欺負我、欺負我！」

「誰欺負誰啊？」雙華頂回去，「上回妳在我肚皮上扎了三眼窟窿！」

「不到窟窿的地步好不好？不過是三個小小的洞……誰讓你沒練金鐘罩鐵布衫？」

「我就是練了才三個窟窿，若是沒練，是三個透明窟窿！」

「阿呆華！」

「禍頭子！」

初代搖頭笑起來，撿起藥籃整理了一下。被子麟扎壞了一點兒，她隨手拉了幾條翠綠的藤蔓補，他們倆還沒拌過癮，已經補好了。

「你們這兒慢慢玩，我採花去。」她要走，藥籃被雙華奪去，子麟抱著她的胳臂。

「我也要去！」這兩個人……一人一麒麟異口同聲，纏得初代啼笑皆非。

他們一整天都在採花，初代聽著他們倆拌嘴，偶爾也加入戰局。她已經很久沒這麼高興了。

等日暮西山，初代要回去了，叮嚀著子麟。「我知道妳輪休，但妳好歹也是夫人的左右，別休息等於惹禍。」

「我哪有惹禍？」子麟有點不自在。

「那妳告訴我，金翅鳥那族的長公子，翅膀怎麼折了一隻？」初代無奈的看著她。

「他說他要吃我！」說到這個她就有氣，「他是什麼東西，吃得了我？只拆了他一只翅膀是我佛心來著！」

初代啞口。雖說是麒麟族未來族長，但現在的子麟只是個天真無邪的小姑娘。她不懂這種「吃」和真正的吃是不同的。

「……總之，不要行動比思考快。」初代搖搖頭，拍了拍子麟。

「初代，我留下雙華喔。」子麟說，「爸媽很久沒看到他，交代過我要留他吃飯。」

「好啊。」初代提著藥籃，「雙華，你留著吧。夜路危險，歇一宿再走。你爸媽那兒我幫說去。」

雙華點頭，目送著她而去。子麟看著他眷戀的眼光，「喂，你怎麼還沒跟初代表白啊？」

「……有什麼好說的，妳神經？」雙華尷尬起來，「連『吃』都聽不懂的小鬼跟人家窮攪和啥？」

「我可是比你大啊！」子麟抬頭挺胸，設法裝出嚴肅的樣子。但她個頭實在太小了。

「年歲上來說，是啦。」雙華睥睨的看她，「心智上就只有幼兒程度。」

「你又欺負我、欺負我！」子麟跳起來，變身成麒麟，「我非戳你十七、八個大洞不可！」

「來啊！」雙華扳住她的角，「隨時候教哩！」

打到兩個人氣喘吁吁（呃……一人一麒麟），子麟媽媽喊著吃飯了，他們兩個才休兵，互相搭著肩膀走回去。

他和子麟感情很好，像是異族兄妹……或者說是兄弟。

這隻身為未來族長的少女麒麟，天真無邪到接近不可思議的地步，白長了兩百年的歲月。

「我說啊……」雙華喘著問，「阿翺到底說了什麼，妳一傢伙折了人家的翅膀？」

阿翺，是金翅鳥族長的長子，長得英俊瀟灑，又有皇族的傲氣。

「那傢伙有病啦。」麒麟不太高興，「他說，『子麟，妳好可愛唷～可愛到好想吃掉妳，從頭吃到尾，一點點都不剩。』還舔了我的臉試味道！你說我不打他要打誰？他居然想吃我欸！不想想我們一起玩到這麼大，居然罔顧交情想把我吃下肚！最過分的還不是這個，我打折了他的翅膀，他還要他爸媽來提親……這王八蛋！娶進家門方便蒸煮炒炸嗎?!」

「……我猜他的意思是，他喜歡妳。」但總不能告訴她真正的意思。真的告訴子麟，阿翺是想拐她上床，可能不是折隻翅膀可以了事的。

「把人吃下肚會是喜歡?!」子麟叫，「那我把他宰了是不是愛死他？」

雙華張著嘴，不知道怎麼解釋。他們已經到了子麟家門口。這位瀟灑的麒麟姑娘正拿寬大的袖子搧風。

「……妳真的還是小朋友欸。」雙華很頭痛，「阿翺的意思是、是……他想跟妳生兒育女。」

子麟瞪著他看，「但我不想跟他生……啊，我懂了，他想跟我交尾喔？」

雙華的臉孔轟的一聲漲紅，「……妳含蓄點好不好？」

「幹嘛含蓄？他想跟我交尾就直接講，何必說什麼吃不吃害我誤會。」子麟想了一下，「最少我下手會輕一點，頂多跟他說我不要而已。」

雙華的頭更痛了。該怎麼跟她說好？這樣小朋友個性，早晚會被壞男人吃了去。

「我還不想啦，」子麟揮手，「交尾太麻煩了，而且姿勢很醜。」

「……別被拐走就行了。」雙華翻了翻白眼，邊搖頭邊走入子麟的家。

子麟的爸媽非常熱情的招呼雙華。在列姑射島，這是很平常的景象。眾生和人類和平相處，孩子們玩在一起，大人也互有往來。異族通婚沒有什麼問題，在這個年輕的世界，眾生平等。

為了好相處，眾生多半化為人形，但大家都知道彼此身分，並沒有什麼罣礙。

他們津津有味的聽著雙華的見聞，也跟他說了最近發生的新聞。「聽說天界打起來了欸。」麒麟族長說，「真不懂，天人的壽命也算長了，還要爭什麼不老不死。」

「我經過崑崙的時候也聽說了。」雙華點頭，「不知道會不會波及人間？」

「應該不會啦，夫人看顧著我們啊。」族長夫人笑咪咪的，「再來碗湯？」

「我也覺得不會。」子麟插嘴，「但我看天帝的公主好像很緊張。」

「妳說看守天柱的玄公主？」雙華隨口回著，「她有什麼好緊張的？她想回天打架？」

「我哪知道？欸，雙華，你見過她沒有？她很美哪。」

「看過畫像啦。」雙華不在意，「是不錯。但我不是很喜歡天人……」他聳肩。

他跟天人打過幾次交道，經歷不太愉快。天人都帶種奇怪的優越感和驕傲，這讓他很反感。

他承認天人的能力很卓越，巫師常常需要祈求天人所管轄的力量協助，但那是天人所管轄的力量，卻不是天人本身的力量。

當然天人不這麼想。

至於雙華，他比較願意敬而遠之。所以他在列都出生長大，卻從來沒有靠近過天柱……因為那兒是屬於天人的玄公主所看管的。

又閒聊了一會兒，族長和族長夫人收拾了餐桌，要他們玩去。

他跟子麟到了院子，就著月色下棋。竹林細細，是很美好的初夏夜晚。

「是不是喜歡一個人就會想跟他交尾啊？」子麟好奇的問。

……妳怎麼還在想這個？雙華滿臉尷尬，扔了一子在棋坪上。「大部分的時候是。」

「那我要去跟阿翱道歉。」子麟也扔了一子。「喜歡一個人是很棒的情感欸，我也喜歡他，但沒喜歡到要嫁他的地步，更不要談交尾了。」

……最少這是正面思考。強忍著笑，雙華又扔了一子。

「那你會想跟初代交尾嗎？」子麟的大眼睛滿是好奇。

雙華的臉馬上紅得像是桃花。「……女孩子家不要滿嘴交尾！」他吼起來，「當心我拿棋坪砸妳！」

「我會怕嗎？」子麟搶先翻桌，反正她快輸了，「來啊！」

舉起棋坪，雙華怒叫，「隨時候教！」

他們打到要睡覺了，讓族長夫人喊了又喊，才意猶未盡的住手。子麟還跟他唧唧咕咕的講了半個晚上的話，硬要睡在他房裡。

雙華只能把床讓給她，自己打地舖。「……我來妳家真的沒睡過床欸。」

從被子冒出頭的子麟兩眼惺忪，「你可以上來睡啊。」

「……妳若讓阿翺跟妳睡，事情就大條了。別跟男生睡在同張床！禍頭子！」雙華沒好氣的嚷。

「我怎麼會去跟阿翺睡？」子麟翻白眼，「他又不是我兄弟。」

……我還真謝謝妳這麼看得起我。雙華搖頭，闔目穩睡。

第二天子麟還拖著他去跟阿翺道歉，才放他回列都。他知道子麟一直很捨不得他，也大吵大鬧過要跟他去周遊。他是不介意，但麒麟族長只有這個女兒，而且子麟還是夫人的侍兒，雙華也不捨得她出去吃苦。

他很喜歡子麟，子麟也很喜歡他。但這種喜歡，就很兄弟姊妹，跟初代是完全兩樣的。他什麼心事都會告訴子麟，即使不說，子麟也看得出來。就像子麟什麼都會告訴他一樣。

但他很明白，這是一種親密的友情，而不是愛。他深深愛著初代，尤其是越大越明白。但他愛得多深，就藏得多深。

他不想給初代任何負擔和困擾。或許是因為他本來就是個平和的人，即使深愛也沒有劇烈火花，而是持久卻緩慢的燃燒。比起初代的尷尬和煩惱，他更喜歡初代這樣自在的相處。

初代是很體貼的。她慢慢的調整自己的態度，用成年人的態度尊重他，而不是把他視為永遠的孩子。

但他現在還是可以看初代梳頭，也可以幫初代綰髻。初代和他出門散步的時候，會將手插在他的臂彎，這樣自然。

他的心願就是這麼多而已。他原本以為，他會這樣開心又滿足的成為初代的摯友，遠行後帶來無數故事給她聽。他以為，會跟子麟打打鬧鬧，直到子麟嫁人或自己老死，他原本以為自己會這樣平凡的過完人類的一生。

原本以為，夫人會永遠眷顧人間，留在列姑射島，慈愛的光輝永遠籠罩。他以為天柱將會永遠矗立不朽，直到無盡遙遠的未來。

原本是這麼以為的。

但他遠行到極北苦寒之地，花了好幾年安鎮冰雪魂魄時，卻被未來之書「啟發」，知道自己是「彌賽亞」。在無數紛亂的資料中，他知道自己的使命，和這個世界即將傾覆的不幸。

用最快的速度趕回列姑射島，但他的家鄉已經毀滅。原本廣大、富庶，遼闊而美麗的列姑射島，幾乎已經完全陸沉，只剩下一點殘餘。

他的家人、朋友，幾乎都死在這場天柱折斷的災難中，而災害還在持續擴大。甚至包括他深愛的初代，都隨著魔性天女的消逝，死了。

站在僅存的神殿，他茫然了。居然連一滴淚都流不出來。他知道前因，也知道後果。但那有什麼用處？

「雙華！」他聽到聲音，茫然的轉頭。子麟滿臉是淚的衝過來，抱著他大哭。

「呵。」他失神的輕笑，「幸好妳還活著……幸好……」這個時候他才哭得出來。

「爸媽都死了……」子麟哭著抬頭，「我現在是族長……但族裡在鬧分裂……我該怎麼辦？雙華，我不知道怎麼辦……」

「……我會想出辦法的。」他抱著這個宛如手足的密友，「我會想出辦法的。」

這就是彌賽亞的命運。當地維斷裂，他們要自沉地維。當天柱崩潰，他們就得代替天柱。

幸好我是彌賽亞，幸好。最少我還可以做些什麼……最少。

「我會成為天帝。」雙華咽了咽淚，「子麟，妳也來天界吧。我們可以做些什麼。這世界不會崩潰的……只要我還活著，我不會讓這世界崩潰的。」

他悲慟的淚滑過臉頰，為了這世界的崩毀，為了初代，為了這註定的一切一切。

所以，他隨女媧去晉見夫人，平息夫人的怒氣。他將自己的計畫告訴夫人，因為悲傷憤怒而雪白長髮的夫人茫然的抬頭，「……孩子，這是你的一生。你不知道天帝的生命有多長……你要用這漫無境界的一生徒刑去替代天柱？」

「……夫人，」他苦笑，「已經太多人死掉了。人類、眾生……我沒辦法看世界崩毀，一定有什麼我可以做的……我是彌賽亞。幸好我是。我會竭盡我的全力……直到我耗盡為止。夫人，請妳成全……」

最後夫人的確成全他。夫人挖下自己的眼睛祈求修改未來的結局。身為天帝女兒之一的女媧終生奔波修補地維，甚至獻上自己的手。

他和這位天人其實不太熟。但這位尊貴的天界公主卻為人間勞苦終生，直到耗盡。說起來，他的犧牲最輕微。他對著自己笑，落寞的。他甚至還有機會將初代招回來。他很了解初代，他知道執拗的初代很有可能成為惡靈厲鬼，以毀滅天人為唯一職志。

最愛的人居然成了一抹幽魂，含著極為強烈的怨恨，離惡靈只有一步。他痛苦得心幾乎要碎裂殆盡。

「你招我做什麼？」心灰意冷的初代惡聲，「且容我去成了惡靈巫妖，殺盡天人才是好呢，招我回來做什麼？」

他的心好痛，好痛好痛。

「初代，」雙華落淚，「天人毀之不盡，再說他們肩負三界命脈。我決定從天命上天為帝，又恐我管轄不到。只有妳能夠收納不平衡的反噬，我求妳別眼見天界毀滅。天界毀滅，人間又豈能獨存？」

這只是表面的理由。最重要的是，他不要初代成了惡靈或巫妖，被仇恨污染，最後失去一切神智和善良，他受不了這個。

「……這樣會讓你高興嗎？」初代輕聲問。

「我在天界的時候，想到妳……妳還在列姑射，我會很高興。」他幾乎泣不成聲。

「……阿華你真傻。」初代短短的笑了一下，「真傻透了。」

她擁抱雙華，卻透體而去，然後消失。

雙華哭了很久很久，直到炎山帝遣人來接他，依舊哭泣不已。他必須告別深愛的家鄉，即使是殘毀的家鄉。他過往的一切都消失了，他無盡的歲月都將在天界，遙望著寶藍色的人間。

永遠不可能再回來。

他幾乎將這一生的眼淚流盡……幾乎。

轉化成天人的過程非常痛苦，但他卻挺過這一關。或許是他的心依舊陷於極度疼痛的深淵，所以肉體和靈魂的疼痛就不算什麼。

即使宛如死亡般。

總之，他挺過來了，炎山帝將他安排在偏遠地帶，封他一個小小的官職。他暫時以一方武神的身分治理這個偏遠地帶，炎山帝甚至將一個養蠶的女官賜給他為妻。

這些，都是要讓他的神明身分更確定，掩飾他曾經是人類的痕跡。天界動盪不安，在這種備極混亂的時刻，禪讓帝位給一個人類，實在太不保險了。

天柱折毀，乃是天人的過錯，炎山帝無比懊悔。他決意禪讓也是這個緣故。

將天柱化身的彌賽亞放在最崇高的帝位上，任何眾生都無法殺害的頂端。而且這個堅定的人類青年，讓他很欣賞。

再說，炎山帝知道，自己也活不久了。他在幾次御駕親征中嚴重損毀了他的健康，舊傷屢屢復發，不老不死只是延續無盡的痛苦。他在等待可以接手的人，而雙華出現了。

等一切塵埃落定，或許他就可以闔目長眠。

雙華順從的接受炎山帝的安排，會見了即將成為他妻子的女官。她相貌平凡，身形瘦弱，名喚嫘祖。炎山帝選擇她是因為她聰慧冷靜，頗有賢名，會是初入天界的雙華，最好的嚮導和幫手。

待眾人退下，唯有雙華和嫘祖默默相對。

這樣莫名的，就得嫁給一個來自人間的陌生人……對這天女來說，應該很難接受吧？據說她什麼都知道了，那就沒有脫身的機會。

又牽連了一個無辜的女子。

「……我姓姚，姚雙華。」他開了口，語氣溫柔而歉疚。「很抱歉必須牽連妳……我從沒想過我會強娶一個陌生而無辜的姑娘。」他靜默片刻，「但我發誓一生對妳忠實，並且敬愛妳。」

一直低著頭的嫘祖愕然的抬頭，她望著雙華好一會兒，「……您將是天帝，而我只是您暫時的妻。待您熟悉天界，即了帝位，將有無數名門佳媛待您擇為妃嬪或天后。您的心意我很感動，但這樣的誓言實在有失當之處……」

「我一生只會娶一個妻。」雙華不太好意思的笑笑，他示意嫘祖坐下。「我不想瞞妳，我心有所屬。娶妳已經對妳太不公平，我不可能再納其他無辜的人。」

嫘祖的眼睛緩緩的睜大，「……她……還在人間？」

「她死了。」雙華眨了眨眼睛，哭出來就太好笑了。「她差點就因為怨恨成了惡靈或巫妖。我怕……即使和妳成了夫妻，我也沒辦法忘記她。我只能盡我所能對妳好，敬愛妳……真的對不起……」

但嫘祖卻笑了。她的笑容堅強而美麗，即使如此哀傷。「本來我很擔心的。萬一你是個野心分子怎麼辦……現在我很高興。我要嫁的未來天帝是個值得跟從的人，不管緣分長短。」

抹去頰上的淚，她笑著，「雙華……我也心有所屬。我愛的人為了阻止長官的愚行，被斬於行伍中。」她的唇微微顫抖，「我願為你奉獻一切，對你忠實並且敬愛你，請你結束這種戰爭的愚行。」她的聲音越來越輕，「我會輔佐你，為你而死，只要你能呼喚和平。」

雙華點頭，走過去為她拭淚。嫘祖抓著他的手，慟哭不已。

這是雙華第一個妻，第一個天界的友人和夥伴。他一直非常敬愛她，甚至有股親人般的柔情。

在雙華接受禪讓即帝位，那段動盪不安、充滿陰謀詭譎的政治形態中，嫘祖一直是他最堅強的支柱。她的冷靜沉著和智慧，幫助雙華度過一次又一次的難關。雙華也如他所言，即帝位後，將嫘祖立為天后，並且婉拒再納妃嬪的建議。

雙華是個平和卻固執的人。所以才會愛慕初代這麼長久始終如一。他非常重視然諾，不管說出口還是未說出口。

他既然認定了嫘祖，並且敬愛她，就絕對不會去違背諾言。但終究，他還是被迫毀諾。

這在他心底落下一個沉重的陰影。

*　　*　　*

在他即帝位不久，和原本看守天柱的公主玄見過幾次面。

是很美。他了解為什麼許多仙官大臣都會目不轉睛。但他原本就不是那麼重視美貌的人，初代只算中上之姿，嫘祖相貌平平，但他鍾愛這兩個女人，至死不改。

甚至，他還下意識的離玄遠一點。除了她身分矜貴，在混亂的政治中顯得曖昧複雜，一直有老臣上奏希望雙華納玄為妃的奏章讓他婉拒得很疲倦，更因為這個女人眼中有種不顧一切的執著。

被她這樣凶猛注視時，雙華非常不舒服。

但他無法迴避和玄碰面的機會。他初任天帝，老臣驕奢，眾天人對他仍有疑慮。他不可避免的需要打好人際關係，出席各式各樣的宴會。在宴會上，往往就會碰到玄。

當玄下帖邀請他赴宴時，他煩惱許久。若待不去，她是前任天帝女兒，老臣一直唯恐他輕慢前帝。

「我不想去。」他對嫘祖抱怨。「誰知道是不是殺頭的宴會。」

嫘祖笑了起來，她溫柔的整了整雙華的衣襟。「她是炎山帝最得意的小女兒，女媧娘娘的雙胞胎妹妹。於公於私，你都該去赴宴……去吧。」

「我老把妳擱在家裡。」初任天帝，他成天埋首卷宗已經頭昏腦脹，還有那堆不知所謂的應酬。

他對嫘祖很歉疚。不管什麼緣故成親，他敬愛自己的妻，也不願她獨守家門。

「我不喜歡大場面。」她挽著雙華，送他出門，「但我嫁了一個合心合意的丈夫，待在家裡也很幸福。」

「妳是我唯一的妻。」雙華輕輕吻了她的髮鬢，然後上輦出發。

只是他不知道，將會一語成讖，毀滅了他堅定的誓言。

事實上，他不記得發生什麼事情。

等他起身時，玄躺在他身旁，一絲不掛，眼神凶猛的注視他。他茫然的回看，發現內息空空盪盪，像是被掏空了內臟。

雪白被褥中有灘怵目驚心的血。那淡淡的腥味讓他內息強烈翻湧，強烈的嘔吐感幾乎鎮壓不住。

「你將納我為西宮。」玄的語氣冰冷，「我將產下皇儲，是為天柱化身。」

……我就是天柱化身。雙華翻身下床，卻覺得天旋地轉。我做了什麼？她又做了什麼？

「你酒後亂性，想要始亂終棄麼？」玄的聲音提高，隱隱有著勝利的況味。

雙華心下一片冰冷。不管是用什麼手段、或中了什麼毒計。他違逆了許下的諾言，他違背了嫘祖的信任。

滿身冷汗，他整衣強自鎮靜。「……告辭了。」

「姚雙華，你想一走了之?!」玄在他背後叫。

向來平和的他，頭回暴怒，他轉身一把掐住玄的手臂，「玄公主，不要叫得這樣無辜，妳對我做了什麼，我對妳做了什麼，妳我都很明白！妳做了一件不可挽回、非常愚蠢的事情……陷妳我、乃至於整個三界永劫不復！妳要的交代我一定會給妳，但妳不要想我會有什麼真心誠意！我的妻，依舊只有嫘祖一人！」

將她摔到一邊，雙華憑藉著狂怒，衝出公主邸，在守衛驚愕的眼神下，砍斷了馬車的轠轡，騎上裸馬狂奔而去。

就算要倒下，他也絕對不要倒在那個女人的視線內。他搞砸了……他該更有戒心，更謹慎。不應該以為帝王家的公主就會光明磊落。

當他衝入宮殿，驚嚇了所有的仙官和侍衛，無人敢阻攔。直到嫘祖聞聲趕到，他才從馬上摔下來。

「……雙華！」嫘祖嚇壞了，她不顧皇宮禮儀，衝過去將他抱在懷裡，「傳太醫！快……」

雙華將臉埋在她的懷裡，「……嫘祖，我對不起妳。」

嫘祖感到懷裡一陣溼潤，低頭一看。她的丈夫開始大口大口的嘔血，將他們兩人陷入血泊之中。

「雙華？雙華！」嫘祖驚叫，隨之淚流，「玄公主把你怎麼了？雙華！」

＊　＊　＊

這件醜聞很快的蔓延開來。玄公主宣稱雙華帝酒後亂性，她已珠胎暗結。但更多人相信，玄公主下藥迷昏了雙華帝，甚至因為藥劑太重，差點要了雙華帝的命。

憤怒的前天帝來找雙華興師問罪，卻驚見雙華奄奄一息，幾乎喪命。他顫著手用神識內觀了雙華的狀況，發現他大半的元神都被盜走了。

「……為什麼？」炎山帝茫然。

「玄公主說，她會生下皇儲，而皇儲是天柱化身。」雙華大笑起來，「哈哈哈……嘿嘿嘿……噁……」他摀著嘴，還是大口大口的嘔血，嫘祖害怕的順著他的背，不斷落淚。

此刻的炎山帝顯得特別衰老、痀僂。這真荒謬。從天柱化身身上盜取大半的元神，然後去孕育一個不完整的天柱。

那天炎山帝在帝居留了很久，雙華因此暫時恢復健康。但炎山帝卻病倒，連婚禮都等不及就撒手而逝。

炎山帝用他僅存的生命設法彌補這個過錯，但雙華也失去一個支撐他的老師和支柱。炎山帝彌留之時，殷殷託付老臣要好好輔佐雙華，卻一次也沒提起他心愛的女兒。甚至嚴拒玄的探視和醫藥，即使玄是天界最高明的醫者。

但在支持前帝王家的老臣運作下，雙華面無表情的迎娶了玄，封她為西王母。

洞房花燭夜，他和玄默默相對。玄依舊倔強的注視他。

雙華自棄的笑笑。他的壽命因此大幅縮短，說不定是好事。他該服的徒刑因此減少許多。若玄能生下完整的天柱化身，他也輕鬆不少不是嗎？現在責備她也沒有意義。畢竟炎山帝付出自己的生命來救了他。

「……妳的孩子會是皇儲，我也不再納任何妃嬪。」他朝玄比了比，「妳現在是西王母了，恭喜妳。」

「我是為了世界的延續。」她漠然，「我看守天柱一生，絕對不要再看到天柱頹圮在我眼前！」

雙華苦笑，然後搖頭。「我的妻依舊是嫘祖一人。就如同我不喜歡妳，妳也不喜歡我，妳得到妳要的，也請給我安靜的日子。尤其是，」雙華強調，「尤其是妳別碰嫘祖。我知道妳身分高貴無比，但請妳尊重嫘祖是天后，是我的妻！若妳敢碰她……」

他的臉孔陰鷙下來，「我未曾殘暴過，希望妳不是讓我殘暴的第一個。」

此時的他，並不是天帝，而是誓言捍衛所愛的劍客。他按著劍柄，大踏步的離開西宮，燃燒著狂烈的憤怒。

「……雙華？」嫘祖看到他時嚇了一大跳，「你不是應該在西宮過夜？今天是……」

「別說。」他用力抱住嫘祖，「對不起，我違諾了，我對不起妳……」

臉孔貼在他肩膀的嫘祖先是驚愕，漸漸的，流露出傷痛的溫柔。「……你是天帝呵……將來會有更多不得已。我不要緊的，」她深深呼出一口氣，又想哭又想笑，「我真的不要緊……我知道你心底一直有我，我知道，我知道……」

雙華抱得更緊。「我不會讓她傷害妳……她不會碰到妳，她不能碰到妳……」

嫘祖啞口片刻。雙華不認識玄公主，這也難怪。她長玄公主十來歲，親眼看著她長大。玄公主要的東西，沒有要不到的。

這帝居，乃是炎山帝傳下來的。滿帝居的仙官侍衛和侍女，都是前天帝的人馬。她？她只是個養蠶的仙官。

但她不想告訴雙華，他會寢食難安。雙華未必愛她，但依賴她、眷戀她。她的唇微微顫抖，輕輕咬著。這段姻緣，美好得幾乎只能存在於想像中，她卻擁有了。

她和雙華比朋友還像朋友，比情人更像情人。雙華的心底總有她。這夠了呀，真的。

不是怕死，不是的。她也難以忘懷過往的戀情。但她很怕死掉以後，雙華一個人熬的孤獨。

「……我是你的妻呀。」她好不容易開了口，「我會待在你身邊，不管發生什麼事情。」

* * *

皇儲出生，成了天界最大的新聞，原本因為戰爭和重建疲憊的天界因此振奮狂歡。但有些人，卻意外的消沉驚懼。譬如四麟之長，譬如天帝、天后。

私底下，雙華約見了子麟。看到子麟依舊這樣活潑無慮，他總覺得好過多了。但他實在太忙，連約見子麟都是排掉了許多緊急要務才能約到的。

子麟規規矩矩的行宮禮，垂手而立。雙華屏退左右。「好了，我知道妳憋死了，隨便就好了。」

「厚，真的憋死人了。」子麟將滿桌子奏章卷宗往旁邊一推，然後坐在桌子上。「阿華，你會活活累死。」

雙華輕嘆，無可奈何。「我沒辦法。子麟，妳眼色一向比我好，妳看皇儲……」

「你有了一個不正常的皇儲。喂！不准留下記錄喔！我還不想死！」子麟對他叫，「是兄弟才告訴你！不然你家婆娘超凶的，手下又一票不明事理的老臣……」

「那不是我婆娘！」雙華臉沉下來，「我只有娶嫘祖。妳知道的嘛，嫘祖很好！好得不得了！我是被那女人下了藥……」

「是什麼藥讓你差點丟了命啊？」子麟壓抑不住好奇心。

「不是藥讓我丟命。」雙華神情古怪，「她盜走我大半元神……」將來龍去脈告訴她。

子麟張著嘴，好一會兒才找到自己聲音。「……我一定會被好奇心害死。你幹嘛告訴我？」

「是兄弟才拖妳下水啊。」雙華頂回去，「妳說說看，皇儲的缺陷有沒有辦法彌補？」

「……畸形兒怎麼彌補？」子麟搔搔頭，「反正大部分的人看不出來，長得跟他老媽很像，應該會很帥，將來長大也看不出來。但他越大，心智會越脆弱……就像……就像隱藏一個不知道什麼時候會爆發的瘋狂因子。一但爆發……砰！」子麟彈指弄出一蓬煙火。

雙華撫著額，「……我不能立他當皇儲！」

「你若表明，明天就會有大軍壓境，玄大概就會鬧起革命了。」子麟的表情有點扭曲，「你之前不認識她，我可是認識她，而且受夠了。」

雙華頹下肩膀。

「不過呢，」子麟晃著腿，「玄很重視形式。而皇儲，並非長子才能繼承。若你的正妻生了孩子，你要立次子當皇儲，她只能大怒卻不能說半個字。她是帝王家的公主，是絕對不會沾惹到帝王家的血腥。」

「這對嫘祖太冒險，不好。」雙華馬上拒絕。

「那你只好接受一個隨時都可能發瘋的皇儲。」子麟攤手。

雙華抱著腦袋，苦惱極了。

「兄弟，你別惱了。」子麟輕嘆，「我們只能盡人事聽天命。盡力做，好壞就隨便了。努力過就行了，太執著結果不是辦法。你往好的地方想，皇儲長大就發瘋，你還管得住他，還有機會禪讓給其他賢人。若他到晚年才發瘋，大臣們也管得住他，我們四麟的命硬，說不定到時候還活著，也會盡力拘住他，搞不好你還有孫子可以繼承了。

現在他才剛出生，你就煩到頭髮白做什麼呢？搞不好他帶著這個缺陷一無所覺的過去了。」

靜默了好一會兒，雙華長嘆，「妳說得對。或許也只能這樣了。」

但嫘祖的想法不同。她去探望過皇儲，知道有不對勁的地方。她雖是個養蠶女官，但不是她能力不夠，而是她不願與人爭又沒有背景，所以才升不上去。她在本質上是個高超的天人，這也是為什麼炎山帝會將她嫁給雙華的主因。

但雙華憐她嬌弱，很少要求燕好。以至於婚後多年，膝下猶虛。

她的思路與子麟相仿，決心生下正常的皇儲。所以她含羞帶怯的主動，雙華雖然訝異，但畢竟是自己的妻，也無多想，只是更加恩愛。等他覺得有些奇怪時，嫘祖已經懷了身孕。

但他的狂喜沒維持多久，嫘祖已經莫名流產了。

看著躺在病床慘無人色的嫘祖，他的怒氣高漲，轉身衝進玄的宮殿。「……我說過不准碰她的！」

幾年未曾交談，開口就是惡言。玄冷眼看著他，「反正就都是我下藥，我惡毒，可以嗎？你有什麼證據？」

的確沒有。但跟她絕對脫不了干係。「我恨妳。我生平第一次恨一個人！我恨妳把我的人生搞得一團糟，甚至生下不完整的天柱！我就是完整的天柱化身，妳毀了我然後去弄一個不正常的皇儲！」

「有人告訴我嗎?!」玄也爆發了，「反正什麼都是我的錯，什麼都不用對我解釋不用跟我說！我是監管天柱的巫神！」

「是妳把無的種子放去摧毀天柱的！」雙華對她吼。

玄毫無意外的給他一個耳光。雙華沒有還手，狂暴的神威卻摧毀了半個宮殿。

「這是給妳的警告。」他冷冷的說。

「你若危及皇儲，」玄昂首，「我不惜內戰。」

互相仇視了片刻，雙華拂袖而去。玄呼吸粗重，飛快的拭去頰上的淚。

之後嫘祖又流產兩次，雙華跟她分房，卻為時已晚。

她原本體質嬌脆，嫁給雙華後又特別勞心。勉強懷孕已經是很大的負擔，又流產了幾次，身體每況愈下。

嫘祖心下雪亮，未必是玄公主親自動手，但擁戴前帝的人馬一直視她為肉中刺眼中釘，這種結果並不意外，甚至已經延遲許多年了。

唯一的遺憾是，她拿命去拚希望賭到皇儲，但看起來是賭輸了。

留下雙華，該怎麼辦呢？這比死亡還讓她害怕。看著雙華痛苦自責的緊握著她的手，憔悴而蒼白，她好難過。

「……雙華，」她的聲音很低很低，「你當年為什麼會上天為帝呢？」

他茫然的抬頭，「……我不想讓末日來臨。」

「所以，」她彎了彎嘴角，「不要忘記這個心願。是我執意要懷孕的，從來不是你害我。你這種什麼都要攬在身上的毛病要改改……別說我不安心，初代也會擔憂的。」

「別說這個。」他的聲音痛苦莫名。

「我們都比你早走，都撇下你。」她輕笑，「我現在有點懂她的心情。但你喚不回我……我不是人魂。我死了就是死了……跟你當夫妻，是我此生最幸福的事情。他死掉的時候……我以為我也死了，最少心死了。但我又愛上你欸……」

「我愛妳，我真的很愛妳。」雙華泣不成聲，「我不要失去妳。」

嫘祖微笑，淚水緩緩流下，「我知道，我都知道。你愛初代，也愛我。將來……你會遇到另一個人，然後愛上她。」

「我不要。」雙華吻著她冰涼的手指，「我不要我不要……」

「不要也不行。」嫘祖平靜的說，「你要讓我安心走。答應我一定要試試看。」

他點頭，淚流滿面。

「別恨任何人……」她呼出了最後一口氣。

埋在她猶有餘溫的胸前，雙華覺得自己也跟著死亡了。

之後發生了許許多多的事情，更多戰爭、和約。他沒有將玄扶正，終生都跟她在政治上抗衡。

他以為他會在嫘祖過世後立刻去殺了玄，卻發現自己分外冷靜禮貌的對待這個名義上的妻，甚至可以溫和的對待註定會發瘋、殘缺的皇儲。

但他內心屬於柔情的那部分，卻隨著嫘祖的逝去而死。他成為極度勤於政事的賢明天帝，壓抑並且抗衡西王母的人馬。

他這樣理智賢達，卻沒有人發現他只剩個空殼，機械式的想用龐大的工作壓力壓死自己，瞞過所有人，甚至瞞過了從小一起長大的子麟。

等他終於崩潰病倒，王母玄迫不及待的將他送到行宮，並且扶持皇儲成為代天帝，他也一言不發的養病了一段時間。

然後花所有時間，思念還在人間受苦的初代，思念死去的嫘祖。他終於有時間可以思念了。他也應該可以……休息了。

但他和子麟、嫘祖擔憂的事情，終於還是發生了。

原本賢明的皇儲在戰爭中發了瘋，墮落成一個最敗德的天神。

真是太好了。他想。連靜靜死去的福利都沒有，這個天帝真不是人幹的。

他已經不太想得起來那段時間發生的事情。也不只一次想殺了這個發瘋的皇儲。但雙華已經殘破到這種地步，若他過世，還是需要這個瘋狂而殘缺的皇儲支撐天柱的功能。

這一切真的非常荒謬。偶爾雙華想起來會發笑，十分苦澀的。

即使有這麼多艱困險阻，內憂外患。他還是堅強的將和平呼喚而來，完成了他對媟祖的承諾。雖然腳步緩慢，但這世界終究還是重建起來，秩序降臨。

他幾乎付出自己所有。

當然，他很寂寞。但他非常害怕，他害怕玄奪走任何他在意的人。為帝這麼多年，功績無限。但固執的老臣依舊對他的來歷不明耿耿於懷，他們效忠的對象依舊是皇室的公主。

甚至連子麟他也不敢太靠近，害怕給子麟帶來意外的災難。

他就這樣孤獨的，勞苦的支撐著三界的命運，默默獨行。甚至相信自己會孤單到耗盡死亡為止。

直到他從逆子的手底搶救了一個無辜的女官。一個山鬼成仙的仙官。

那孩子可憐的哭泣，卻讓他窒息。他像是看到嫘祖，又像是看到初代。這孩子有她們同樣溫和又堅定倔強的身影。

已經很久不知道眼淚的滋味，卻因此淚下。

雙華將這個叫做鬼武羅的仙官送到崑崙的行宮，不希望她在天界遭遇到任何厄運。

他再也承受不起失去任何人了。

盛傳鬼武羅是雙華帝的私妾，只是為了躲避西王母的妒恨，才遠送行宮。

但一生潔身自愛、英明神武的雙華帝也不免如此，令人心生疑惑，許多人都認為是鬼武羅用山鬼的天魅誘惑了雙華帝，言語間自然不甚好聽。

雙華不是不內疚，但他不知道該把鬼武羅放在哪兒比較安心，而且這孩子拽著他的衣袖苦苦哀求，求他不要拋棄她。

就像抓住一根稻草的溺水人。

「……對妳名譽不好。」他為難了。

「我不要名譽。」她低下頭，「……請您、請您偶爾來看看我就好。」

這樣不行，這樣不對。雙華想。他已經油盡燈枯，死期不遠了。他不能害了這個小姑娘。

他想將她指婚出去，但沒人敢要。要不就疑天帝，要不就疑天孫。沒人想接這燙手山芋。

來不及了。我害了她了。

但她……一點點不悅的樣子都沒有。總是在他到臨時欣喜若狂，要愣上一會兒才噙著淚行宮禮，那樣煥然的神情……像是枯萎的花突然蒙了雨露，重新嬌豔起來。

這樣不行。雙華提醒著自己。不能害她更深。

所以，他待鬼武羅分外守禮。只是他克制不住的會思念她，會想看看她的面容，會想聽聽她美妙的琴聲。

他乾枯荒蕪的心田因此豐潤。開始覺得生命不再漫無邊境，痛苦莫名。

與西王母擦肩而過，玄出言諷刺。「一把年紀了，還讓個山鬼的低俗琴聲迷住？」

什麼都逃不過她的耳目。雙華無奈的笑笑，「放過我，也放過那孩子吧。」他輕嘆，「幾千年來，妳都是我唯一名分上的妻子，這樣還不夠嗎？」

「反正，我就是惡毒婦人，總是想欺凌殺害你心愛的人對吧？」玄冷笑一聲。

「玄，」他正視著這個名義上的妻，「放過妳自己吧。夠了吧？妳不放過我不放過那孩子無所謂，我求求妳放過自己吧。」

他絕然而去。玄卻呆立在原地好一會兒，才緩緩離開。

或許是有過這樣簡短的對話，所以王母的確當作鬼武羅不存在，容忍雙華生命最後的光燦戀情。

連手都未曾碰觸，只用琴聲浸潤的戀情。

即使知道，鬼武羅戀慕他，宛如他戀慕鬼武羅一般，但他也不敢上前一步。他失去太多太多，他不想刺激玄的忌妒心還是什麼。

他只能保持這樣的距離，深藏自己的心意。但他很滿足，雖然內疚。他終於可以了解，嫘祖撒手時的心情，比起死亡更可怕的、戀人的孤單無依。

乃至於他真正的病倒，再也無法去探視鬼武羅，這種心情更加強烈。玄用盡一切方法讓他活下去，卻也只讓他纏綿病榻三十年。

唯一的安慰是，他知道鬼武羅還平安的住在崑崙行宮，她芳華正盛，或許可以慢慢的忘記他，不會孤單。

但他彌留之際，卻發現這根本是妄想。鬼武羅細弱的哭喊穿透了千門萬戶，直到他的病床前縈迴不去。

他這一生，愛過三個女人。但他最大的希望只是跟所愛的人在一起。若他在人間老死，他將終生愛著不知情的初代。他上天為帝，也希望跟嫘祖可以白頭到老。

直到暮年，他最大的希望也只是能夠看著鬼武羅嚥下最後一口氣。

蒼天從來不憐憫他卑微的希望，即使他已經奉獻自己的一切，也不會因此破例。

昏迷已久的他，流下了兩行血淚，勉強睜開眼睛，嚇壞了服侍他的侍兒。

雙華虛弱無力的說了好幾次，才讓侍兒懂他的意思。侍兒知道這是殺頭的罪……若讓王母知道的話。但他敬愛這個鞠躬盡瘁的將死天帝。

沾著血淚，雙華抖著手，筆觸虛弱的寫，「負你千行淚。」

那方羅帕是鬼武羅親手繡的。他一直帶在身邊。

雙華一直很喜歡人間的詩詞，這是宋朝柳永的《憶帝京》當中的一段：「繫我一生心，負你千行淚。」

負君千行淚，如何還，何時還？

鬼武羅會懂的。這是他的回答，對她淒厲哭喊、洶湧淚水的回答。

他闔上眼睛，沉入無盡的黑暗深淵。轉生為天人，他已經沒有魂魄可以指望。但他也只想睡去，永遠不要醒來。

已經將自己的一切都獻出去了，什麼都不剩。他已竭盡所有。

＊　＊　＊

「很多情啊，這樣的一生。」黑暗中，一聲清亮的輕笑。誰？

「你得花上三輩子還人家的眼淚和情，會很累的。」

「……你是誰？」雙華驚愕，「我是天人，應該沒有可供轉生的……」

「哦，你是天人。」沙沙的寫字聲響起，「就像你們自以為管理三界，我們也自以為管理你們。說不定，我們上面也是有人管的。是金字塔還是咬尾蛇形態，誰又知道呢？」

他發現，完全聽不懂。「……我要去哪裡？」

「某界吧。」輕笑聲揚起，「你該還情的對象來了。」

他覺得衣袖被拽住，低頭看，竟是蒼白卻粲然的鬼武羅。「……帝君。」

「……我負妳一生的眼淚，我還妳。」他熱淚盈眶。

她垂下眼簾，輕輕微笑。「我將一生，都彈琴給你聽，一直彈給你聽。」

（月滿雙華　完）

他擱下了筆電，托著腮。隱隱約約，似乎聽到琴聲。

作者的話

寫完《禁咒師》以後，我跟出版社老闆說，我要休息。感謝老闆的寬容，讓我能夠比較穩定的休養，所以寫稿的速度也慢很多。

這幾篇故事就是在養病的期間寫的。算是百萬設定集之冰山一角。

這些故事都隱藏在禁咒師的正史之下，成為一個裡設定。我也不知道自己為什麼要發神經，設定得這麼苛細。但我的設定又不是編年史，而是用一段段的故事來記錄，像是畫家使用的速寫。

所以百萬設定集，是許多速寫所構成，並不是那種完整的編年史，嚴謹的劃分年代。這是一種鬆散，但持續在我心底呼喚的琴聲，逼迫我不斷的前行，沉默靜想或伏案疾書。

但對讀者來說，自然負擔很大，一定的。

因為若沒看到哪個環節，難免會有些痛苦感。比方說，沒看過《姚夜書》系列的，對故事集就會有些茫然。但沒關係，請你到我的部落格看看，就會有恍然大悟的感覺。

很抱歉我是這樣細密拼圖的作家。不知道是在折磨我自己還是折磨讀者，我也不懂為什麼我會這樣，有時候瞠目看著這龐大的設定王國，我也會有嘆息的感覺。因為我想要的只是狂亂的寫，但寫完之後才發現拼圖這樣廣大，閱讀會有困難。

我很煩惱，但無法更改。

我也沒辦法控制，想要寫百萬設定集的願望，所以就如這本般，將許多小故事寫出來。

會不會有下一本呢？我也不知道。因為想寫的太多，反而讓我很煩惱。

但我終於將雙華帝的過往寫出來了。我一直喜歡他，事實上，他也是個舉足輕重的要角。但很可惜，他的一切在正史中都只能隱約的知道一些鱗角鳳毛，但他的故事卻一直完整的在那邊，不斷對我呼喚。

這算百萬設定集的一部分，但由雙華觀點來寫的。

我一直很喜歡這位天帝，他真的吃盡苦頭。但他一生不知道算專情還多情，深愛過三個女人。

但我喜歡他這樣。他不是劈腿或什麼的，而是在應該有的階段有了應該戀慕的人，這讓他更人性化，更顯出他的勇氣和堅定。

相較起來，君心還太嫩，明峰也不夠看啦。

但最後我還是安排了一個比較美好的結局。這其實是百萬設定集的裡設定。（可以的話，本來是不想寫出來的。又一個坑……）

這個概念其實是伺服器中的伺服器，相較於燦月的世界。所以設定成三界以上尚有管理人，創世者的角色比較類似寫遊戲腳本的工程師。但不要跟我要後續，上面好幾百層，一千年我也寫不完。（所以不是坑不是坑……）

還是感謝大家看完了這部故事集。我也像是呼出胸中一口鬱結已久的氣。

我依舊很沉默，但我感激大家的溫柔和體諒。如果有什麼話想說，請到我的部落格：http://seba.tw/

http://blog.pixnet.net/seba

或是去二館看看文章：http://blog.pixnet.net/elegantbooks

希望下本書還能與你相逢。

國家圖書館出版品預行編目資料

應龍祠 / 蝴蝶Seba著.
-- 二版. -- 新北市：雅書堂文化, 2016.08
面；　公分. -- (蝴蝶館；17)
ISBN 978-986-302-319-7(平裝)

857.7　　105010802

蝴蝶館 17

應龍祠

作　　者／蝴　蝶
發 行 人／詹慶和
總 編 輯／蔡麗玲
執行編輯／蔡毓玲
編　　輯／劉蕙寧・黃璟安・陳姿伶・李佳穎
執行美編／陳麗娜
美術編輯／周盈汝・韓欣恬
封面圖源／Kasa_s/Shutterstock.com

出版者／雅書堂文化事業有限公司
郵政劃撥帳號／18225950
戶名／雅書堂文化事業有限公司
地址／新北市板橋區板新路206號3樓
電子信箱／elegant.books@msa.hinet.net
電話／（02）8952-4078
傳真／（02）8952-4084

2008年6月初版一刷　2016年8月二版一刷　定價240元

總經銷／朝日文化事業有限公司
進退貨地址／新北市中和區橋安街15巷1號7樓
電話／（02）2249-7714
傳真／（02）2249-8715

Seba · 蝴蝶

Seba·蝴蝶